グレイ・ゴールディング

侯爵家の次男でアリスの幼馴染み。長年アリスに辛く当たっていたが、実は彼女に片想いしていた。

彼女の変化をきっかけに、平民として生きていく決意をする。

ヴィンス・ホールデン

アリスが留学するティナヴィア王国の公爵家三男。ウェルベザ王国に来訪の際、アリスと出会う。

稀に見る美貌の持ち主だが、かなり横柄な態度を取っていた。

クロエ・スペンサー

アーサーの従姉妹の美少女。幼い頃からアーサーを慕っており、突然彼の婚約者という立場になったアリスを許せず、とある事件を起こした。

Contents

イラスト：笹原亜美／デザイン：今村奈緒美

A bearish poor daughter who applied for engagement to the next Duke as it happens, but for some reason she is loved and captivated by him.

結婚式に向けて

「アリス、久しぶりね」

「ええ、リリーも元気そうで良かった」

ウェルベザ王国に戻ってきて、半月が経った。

アーサー様とグリンデルバルド公爵領へと行き、二人で三日間ゆっくりと幸せな時間を過ごして以来、わたしは自宅でずっと両親と過ごしている。

帰宅した当初は移動疲れもあり、半年ぶりの自分のベッドは何よりも落ち着くせいか、連日昼近くまで眠ってしまった。両親も変わりなく、元気そうで良かった。

そんな今日は、リリーが我が家へ遊びに来てくれている。何度か手紙のやり取りはしていたものの、久しぶりに会えたことでお互いに話題は尽きない。

「アーサー様とは、相変わらずそうね」

「うん、本当に良くしてもらってる」

そうしてティナヴィアでの思い出や、アーサー様と行った観光名所の話などをしながら、のんびりとお茶をする。

やはりリリーといるのは気楽で、楽しい。学園を卒業してからも、こうして仲の良い友人でいられることが何よりも嬉しかった。


「そういえば、アリスは向こうでも学生生活を送っていたんでしょう？　羨ましいわ。卒業して半年も経つと、学生時代が恋しくなってきたもの」

「最後は色々あって行けなくなったんだけど、素敵なお友達もできて楽しかったわ。向こうのアカデミーでの授業も、とても勉強になったし」

「いいわね、私も短期留学してみようかしら。結婚から逃げるのも兼ねて」

「リリーったら」

彼女はまだ、婚約者が決まっていないらしい。リリーのお父様である伯爵は娘に釣り合う人間が見つからないと、あちこちで言っているんだとか。

リリーは恥ずかしいからやめてほしいと言いながらも、まだ自由でいられることに安堵しているようだった。

「そう言えば、あの例の公爵家の三男もアカデミーに通ってるって聞いたわよ。大丈夫だったの？」

不意にホールデン様の話題を振られ、どきりとしてしまう。彼女はたった一度、それも半年以上前に会っただけなのに、よほど印象に残っていたらしい。

けれどリリーと共に初めて会った時の彼の態度は、あまりにも悪すぎた。忘れられない気持ちも分かってしまう。

「実はね、とても優しい素敵な方だったのよ。何度も困っていた時に助けていただいたわ」

「えっ？　嘘でしょう？」

「本当よ。妹様も本当に素敵な方で、仲良くなったの」

わたしのそんな話を、彼女は全く信じていないようだった。確かに、あれほどの悪印象を払拭するのは難しいだろう。わたしだって最初はずっと、彼を冷たい人だと思っていたのだから。


それからは、マルヴィナ様の起こした事件についても彼女に話した。リリーはかなり驚いた様子だったけれど、アーサー様の言動にいたく感動したようだった。

「そんな大変な目に遭っていたなんて、災難どころじゃなかったわね。それにしても、アーサー様や殿下は流石だわ。二人が居なかったら今頃、アリスは牢屋の中にいたかもしれないもの」

「本当に、そうよね……」

「ええ。アリスは一生、アーサー様の側に居ないと駄目よ」

そう言って笑うリリーに対し、わたしは深く頷いた。彼女の言う通り、アーサー様がいなければ今頃どうなっていたか分からない。

わたしは本当にアーサー様に助けられ、寄りかかってばかりだ。もっとしっかりしなくてはと、改めて反省をした。

「リリーは何か、変わったことはなかった？」

「うーん、私自身は特に変わりは無かったけれど」

それからしばらく悩むような素振りを見せた後、彼女は少しだけ躊躇《ためら》うように、口を開いた。

「グレイ様がね、失踪したらしいの」

「……そう、なんだ」

「アリスが向こうに行って、一ヶ月くらい経ってからだったかしら。その三ヶ月後には、ゴールディング家は貴族位を剥奪されたのよ。侯爵夫妻は捕まってしまったし」

「えっ？」

「何でも人身売買の事業に出資をしていたんですって」

グレイ様からは平民となり家を出るという話は聞いていたけれど、ゴールディング家が貴族位を剥奪されたというのは初耳だった。彼の兄であるキース様も犯罪に加担していたらしく、今は牢の中にいるらしい。

あれだけあの家と交流があった両親からも、そんな話は聞いていなかった。帰ってきたばかりのわたしに、気を遣い言い出せずにいたのかもしれない。

あの日、グレイ様は『ゴールディング家はもう長くない。どちらにせよ家を出た後には、奴らの悪事を明るみに出すつもりだ』と言っていた。

家を離れた彼が、何らかの形で暴いたのだろう。家族を犯罪者として告発するのはグレイ様にとっても、辛い決断だったに違いない。

──本当にもう二度と、彼と会うことはないのだという実感が湧いてくる。

けれど今は大嫌いだったはずの彼が、どこかで静かに暮らせていますようにと、願わずにはいられなかった。これも全て、アーサー様のお蔭だろう。

今のわたしはとても幸せだからこそ、そう思えるようになったのだから。

「暗い話をしてしまって、ごめんなさいね。アリスには一応知らせておきたくて」

「ううん。むしろ教えてくれてありがとう。知ることができて良かったわ」

胸の痛みには気づかないふりをして、わたしはリリーへと笑顔を向けた。

「半年後には、結婚式なんでしょう？」

「うん。数日後には公爵家へ行って、打ち合わせをする予定よ」

「これから準備も大変になるわね。とても素敵な式になるでしょうし、楽しみだわ」

そんなリリーの言葉に対してわたしはお礼を言い、深く頷いたのだった。

◇◇◇

「久しぶりね、アリス。元気だった？」

「はい、お蔭様で」

「ずっとアーサーの側にいてくれて、ありがとう」

「そんな、わたしこそ助けていただいてばかりで……」

「ふふ、アーサーにティナヴィアはどうだった？　と尋ねても、貴女の話しかしないのよ」

「あまり余計なことは言わないでください」

公爵夫人であるベアトリス様は、わたしとアーサー様を見比べると、彼によく似た口元をふわりと綻ばせた。いつ見ても、何もかもが美しい方だと思う。憧れの女性だ。

……わたしは今日、朝からグリンデルバルド公爵家へとやって来ていた。ベアトリス様とアーサー様と共に、結婚式の準備をすることになっている。

まずは国一番と言われている人気の仕立て屋の売れっ子デザイナーを呼び、結婚式で着るドレスを一から考えるのだという。

二年から三年待ちは当たり前だと言われている彼女を当たり前のように呼べるなんて、流石グリンデルバルド公爵家だ。

そんな彼女に自分のためのドレスを作ってもらえると思うと、とても楽しみだった。

「早速だけれど、ドレスのメインの色はどうしましょうか？　披露宴はアリスに良く似合う、柔らかい色が良いかしらね」

「アリスには一番、青が似合うと思います」

「アーサー、それは貴方の好みでしょう？」

「事実です」

そんな会話をする二人に、思わず笑みが溢れる。

一生忘れられない、素敵で幸せな結婚式になるだろうと思いながら、わたしはなおも続く二人のやりとりに耳を傾けたのだった。


ドレスや招待客などについての打ち合わせが終わった後は、ベアトリス様とアーサー様と三人でお茶をすることになった。

過去のことがあるせいか、ベアトリス様は初めて会った時からずっと、わたしをとても可愛がってくださっている。

「ねえアリス、もしもアーサーに何か嫌なことをされたら、私にすぐに言ってね」

「とても良くしていただいています。嫌なことをされたことも一度もありませんし」

「まあ……アリスの心が広くて良かったわね、アーサー」

「そうですね」

「私なら部屋にあんな鍵を付けられたら、逃げ出してしまうわよ」

あんな鍵というのはきっと、クロエ様の事件の後、公爵家に滞在していた際に使わせていただいていた部屋のドアについていたものを言っているのだろう。

確かに部屋の外側につけられていたあの頑丈な鍵には少しだけ驚いたものの、それほど心配をかけてしまったのだと思うと、逃げ出したいとは思わなかった。

「実はもう、アリスの部屋の準備も始めているんだ」

「わたしの部屋、ですか？」

「ああ。君の意見も聞きたいし、少し見てほしいな」

「はい、わかりました」

ベアトリス様に改めて今日のお礼を言い、アーサー様に手を引かれながら、わたしの為に用意してくださったという部屋へと向かう。

「この先、アリスとずっと一緒に暮らせるなんて夢みたいだ」

「ふふ、わたしもです」

もちろん実家を離れることに対して、寂しい気持ちはある。それでも、大好きなアーサー様と一緒に暮らせることへの嬉しさは、やはり隠しきれない。

「着いたよ」

やがて彼が足を止めた先にあったのは、数ヶ月前にもわたしが使わせていただいていた部屋だった。けれどドアからは、あの鍵は取り払われている。

そうしてアーサー様に促され中へと入ったわたしは、言葉を失った。壁紙から家具まで何もかもが新しくなっていて、別の部屋だと言われても納得するくらいに変わっていたからだ。

元々あったものだって、間違いなく高級品だったはず。それら全てを入れ替えるのに、一体いくら掛かったのだろうと想像するだけで、気が遠くなった。

「あの時は時間が無くて、十分に準備できなかったんだ。とにかくアリスが暮らしやすいようにしたいんだけど、なにか希望はある？　気に食わないものは全て替えるよ」

「あの、アーサー様。落ち着いてください、本当にもう十分です。何もかもが素敵すぎて、わたしにはもったいないくらいで」

「そんなことはないよ。アリスは一生ここで暮らすんだから、部屋は何よりも大事だ。些細なことでも、気になることがあったらすぐに言って」

ひどく楽しそうな、嬉しそうな表情を浮かべる彼に「ね？」と言われ、思わず頷いてしまう。

わたしと暮らすことを、とても楽しみにしてくれているのが伝わってくる。もちろん嬉しいけれど、流石に申し訳なくなるくらいだった。

それからはアーサー様と共に、広すぎる部屋の中を見て回っていく。

「テーブルやソファは、アリスと一緒に選ぼうと思っていたんだ。今度ゆっくり見に行こう」

何度も今ここにあるもので十分過ぎると言っても、アーサー様は決して譲らない。

本棚やクローゼットの中にあるものも、以前とはすべて違う。何気なく触れてみたベッドも、驚くほど寝心地が良さそうだ。

「俺がいない日はここで寝ることもあるだろうし、最高級の物を他国から取り寄せたんだ」

わざわざ他国から取り寄せた、ということにも驚いたけれど。その前の言葉に、引っかかりを覚えてしまう。

「俺とアリスの寝室は別に用意してあるから」

「は、はい」

結婚すればもちろん、彼と一緒に寝ることになるだろう。そして何より、今までの「一緒に寝る」とは意味合いが違ってくる。

つい色々と考えては動揺してしまうわたしを見て、アーサー様は「かわいい」と呟き、ぎゅっと抱き寄せた。

「ごめんね。正直、浮かれてるんだ」

「そうなんですか？」

「ああ。人生で一番、浮かれているかもしれない」

まるで子供のような笑顔を浮かべるアーサー様を見ていると、愛しさが溢れていく。

わたしもです、と言えば、よりきつく抱きしめられる。

「ねえ、アリス」

「はい」

「絶対に、幸せにするから」

今も十分幸せだと思いながらも、わたしは深く頷いたのだった。

◇◇◇

「わたしとリリー、二人で旅行に？」

「ええ。近いうちに三日間くらい時間を作れない？　私もアリスも自由でいられるのは後少しでしょうし、思い出作りにどうかしら」

今日もコールマン家へと遊びに来てくれたリリーは、ティーカップ片手に微笑むと、二人で旅行へ行かないかと誘ってくれた。

確か来週、アーサー様はお仕事で忙しかったはずだ。わたし自身も、後半は何も予定はない。旅行から帰ってきた後の彼は相変わらず、目まぐるしい忙しさのようだった。

そんな中、わたしだけ優雅に旅行だなんて何だか申し訳ない気もするけれど、リリーと二人で旅行に行く機会なんてきっともう無いだろう。

お互いに結婚をすれば、女同士で気軽に旅行なんて行けるはずがない。きっとこれが、最後の機会だろう。

「わたしもぜひ、リリーと旅行に行きたいわ」

「本当？　良かった」

「一応、両親やアーサー様に許可をとってから返事をしても大丈夫？」

「もちろんよ」

むしろ当たり前の流れだと思ってたわ、なんて言い彼女は微笑んだ。

「どこか行きたい場所はあるの？」

「ええ。学園で一緒だったレイノルズ様のことは覚えているでしょう？」

「もちろん」

伯爵令息であるフィン・レイノルズ様とは学園時代、音楽祭のパートナーとして一緒に演奏をしたことをきっかけに、親しくさせてもらっていた。

明るくて優しく男女ともに人気があった彼のことは、今も大切な友人だと思っている。

「実はね、レイノルズ伯爵領にある泉が今とても流行っているのよ」

「泉が？」

「とても綺麗な真っ青な泉らしくて、願いが叶うと言われているんですって。伯爵領自体が、最近は観光地として有名みたい。それにね、先日とある夜会でレイノルズ様に偶然お会いした際に、行ってみたいって話をしたら、是非と言ってくださったの」

そんな素敵な場所があったなんて、全く知らなかった。そこにリリーと行けたら、きっと一生の思い出になるに違いない。


それからわたしはすぐに両親の許可を取り、アーサー様へ手紙を書いた。リリーとレイノルズ伯爵領へ三日ほど旅行へ行きたいということを伝えると、すぐに彼からは返事が来て。

ぜひ楽しんできてほしいけれど、心配だからこちらからも腕が立つ護衛を用意したい、とのことだった。お忙しいアーサー様に遊びに行くための護衛まで用意していただくなんて申し訳ないけれど、どうしても行きたかったわたしは結局、お願いすることにした。

「アーサー様にもお土産を買ってこないとね」

「ふふ、そうね」

最初で最後になるであろうリリーとの旅行の日を指折り数えて楽しみに待っていたわたしは、そこで思わぬ再会を果たすことになるなんて、想像すらしていなかった。

◇◇◇

「まあ、とても可愛いドレスね。色も素敵だし、アリスによく似合ってるわ。私も同じ形のドレスを取り寄せようかしら」

「ありがとう。ぜひお揃いにしましょう」

リリーとの旅行当日。先日アーサー様から頂いたばかりのドレスを着たわたしは、彼女と共にレイノルズ伯爵領へと向かう馬車に揺られていた。もちろん、アーサー様が付けてくださった護衛も一緒だ。

「そのネックレスも素敵ね」

「うん。これも最近、アーサー様に頂いたばかりなの」

アーサー様からはあの後も、最近忙しくてあまり会えずにいることに対する謝罪や、毎日わたしのことを想っている、早く会いたいと綴られた手紙が届いて。彼はそれと共に、沢山の新作ドレスや美しいアクセサリーを贈ってくださっていた。

謝られるようなことではない上に、こんなにも沢山の高価な物を頂いてしまっては、余計に申し訳なくなってしまう。

「ちなみにそのイヤリングの値段を知ったら、アリスはひっくり返ると思うわ」

「えっ？」

「先日、そのイヤリングをマダム・メアリのお店で見たの。流石の私も、お父様に欲しいと言える値段じゃなくて諦めたけれど」

「そ、そんなに……？」

わたしはあまり目利きができる方ではない。とても高価だということは何となく分かっていたけれど、リリーがそこまで言う程の値段だとは想像もしていなかった。

恐る恐る値段を聞いてしまい、眩暈がした。

先日贈られてきた品の総額を想像しただけで、落ち着かない気持ちになってしまう。そんなわたしを見て、リリーはおかしそうに笑った。

「アリスったら、大丈夫よ。グリンデルバルド公爵家がどれだけ裕福だと思ってるの？」

「そうだけれど、やっぱり申し訳なくて」

「アーサー様が好きでしている事なんだもの。アリスはありがとうございます、って笑顔で受け取るだけでいいのよ。それにしても羨ましいわ、アーサー様はまさに理想の男性よね」

そう言うとリリーは深い溜め息を吐いた。

「家柄も容姿も何もかもがこれ以上ないくらいに完璧で、アリスただ一人を愛して尽くしてくれるなんて、まさにロマンス小説に出てくる王子様みたい」

「……わたしも本当に、そう思う」

「私にもそんな素敵な出会いがあるといいんだけど。ロマンス小説では旅先での出会い、とかよくあるじゃない？　この旅行で良い出会いがあるように、アリスもしっかり祈ってね」

「ふふ、わかった。一生懸命祈っておくわ」

大切な友人であるリリーには、誰よりも幸せになってほしい。

それからもわたし達はレイノルズ伯爵領へ到着するまで、楽しくお喋りを続けていたのだった。

◇◇◇

「わあ、素敵な街……！」

馬車に揺られ、半日が経った頃。わたし達を乗せた馬車は無事、伯爵領へと辿り着いた。王都から比較的近いことも、この場所を今回の旅行先に選んだ理由のひとつらしい。

例の願いが叶うという泉には、明日行く予定だ。今日は軽く街を見て回って、ゆっくり休むことになっている。

「まずはレイノルズ様にご挨拶に行きましょうか」

「ええ、そうね」

観光地として有名になってからは、伯爵家の敷地内にも来客専用の屋敷を建てたようで、今回わたし達はそこに滞在させていただくことになっている。

わたしと共に伯爵領へ行くことをリリーが伝えたところ、是非伯爵家に滞在してほしいとフィン様の方から言ってくださったのだという。もちろん、アーサー様にもそのことは伝えてある。

「ようこそ、そしてアリス嬢は久しぶりだね」

「本当に久しぶり。元気そうで良かった」

半年ぶりに会ったフィン様は、相変わらず明るく爽やかな雰囲気を纏っていた。

音楽祭で親しくなってからは卒業までの期間、男子生徒とあまり関わりのなかったわたしも、彼とだけはよく話をしていたのだ。

それにしても、レイノルズ伯爵家はかなり裕福だとは聞いていたけれど、屋敷の中は驚くほど広く豪華で。滞在先として案内していただいた部屋も、まるで一流ホテルのようだった。

「屋敷内の案内も俺がしたかったんだけど、今は少し仕事が忙しくてね。良かったら、夕食は一緒に食べよう」

「もちろんです。楽しみにしていますわ」

「こちらこそ」

フィン様はそう言うと、執事にわたし達に屋敷内の案内を頼み「また後でね」と微笑んだ。

彼も伯爵家の後を継ぐために色々と忙しいようだと、リリーから聞いている。

来客用の屋敷と本館は繋がっているようで、自由に行き来するよう言われたものの、広すぎて迷ってしまいそうだ。

簡単に案内をしてもらい、リリーと軽く街中を見て回るため、支度をしようと部屋に向かっていた時だった。

「あら、お客様だわ。お兄様のご友人の方ね」

そんな可愛らしい声に振り向けば、車椅子に乗った可愛らしい女の子がこちらを見ていて、すぐに彼女がフィン様の妹様だと気が付いた。

身体がとても弱くほとんど寝たきりで、ずっと領地で静養していると以前話を聞いたことがある。フィン様はそんな彼女をかなり溺愛しているようだった。

「お初にお目にかかります。わたしはフィン様、の……」

挨拶をしようとそこまで言いかけて、ふと彼女の車椅子を押していた男性の顔を見たわたしは、言葉を失った。

見間違えるはずなんてない、二度ともう会うこともないと思っていた彼が、そこにいたからだ。

「……グレイ、さま」

他人

思わず名前を呟いてしまったものの、グレイ様はルビーのような瞳でわたしをじっと見つめ、困惑したような表情を浮かべているだけだった。

――わたしの記憶の中の彼はいつも何かに苛立っていて、一緒にいるだけで息苦しくなるような雰囲気を纏っていたけれど。今の彼が纏うそれは、何故かとても穏やかなものに見えた。

心境の変化があったとしても、人はたった数ヶ月でこんなにも変わるものなのだろうか。

「……グレイ様というのは、テオのことですか？」

なんとも言えない沈黙が続く中、口を開いたのはフィン様の妹様だった。

「テオ、というのは……？」

「彼です」

そう言って、彼女はグレイ様に視線を向ける。するとグレイ様は、深々とわたしに向かって一礼した。

それはまるで一介の使用人が、初めて会った客人に対する態度のようで。彼が今、テオと呼ばれているらしいことも含めて、わたしは戸惑いを隠せずにいた。

「……はい、そうです」

先程の問いに対してそう答えれば、彼女は驚いたように大きな栗色の瞳を見開いた。ひどく戸惑っており、それでいて何かに怯えているようにも見えた。

グレイ様もやはり、困惑しているような様子のまま。

けれどよく考えれば彼は、家族や身分を捨てて生きていくことを選択したのだ。自身の名前を捨て、新たな名前と共に人生をやり直していてもおかしくはない。

だからこそ、他人の振りをすべきだったのかもしれないと、後悔し始めていた時だった。

「貴女は僕を、知っているんですか？」

「……えっ？」

不意に、グレイ様からそんな問いを投げ掛けられたのだ。

初めは他人の振りをしているのかとも思ったけれど、声のトーンだって話し方だって、何もかもが以前の彼とは違う。

そして、どう答えるのが正解なのかわからずにいるわたしに向かって、グレイ様は言った。

「僕には、記憶がないんです」と。

◇◇◇

それから一時間後、わたしはレイノルズ伯爵家の一室にてテーブルを挟み、フィン様と向かい合って座っていた。隣にはもちろん、リリーの姿もある。

あの後、フィン様の妹様であるライラ様は、グレイ様に対して「テオ、部屋に戻りましょう」とだけ言うと、わたし達に背を向けてすぐに行ってしまった。

記憶喪失だというグレイ様のことも、顔を合わせた時には友好的な雰囲気だったのに、わたしを避けるようにしてその場を離れたライラ様のことも、気がかりで。

詳しい話を聞くためフィン様と話をする時間を作ってもらい、今に至る。丁度仕事が終わったところだという彼は、すぐにこの場を設けてくれた。

「まさかアリス嬢とリリー嬢が、彼の知人だったとは思いもしなかったよ」

「……わたしも、まさかグレイ様が記憶喪失になっていたなんて、想像すらしていませんでした」

正直、あのグレイ様が記憶喪失だなんて信じられない。

けれど先程の様子は、わたしの知っている彼とはあまりにも別人で、納得せざるを得なかった。

「三ヶ月ほど前だったかな、伯爵家の領地内の川辺に彼が流れ着いたんだ。事故にあったのか、全身傷だらけでね。命に別状はなかったものの記憶はないようだし、ちょうど人手の足りない我が家で雇うことにしたんだ」

　そんなフィン様の話に、胸がひどく痛んだ。

　グレイ様のことを恨んでいないと言えば、嘘になる。けれど彼が長年、辛い思いをしてきたことも知っていた。

　だからこそ、どこかで静かに過ごせていたらいいと思っていたのに、ようやく家を出た直後に事故に遭い、自身が何者なのかも分からずにいるなんて、あまりにも気の毒だった。

「グレイ様は今、どんな仕事を？」

「最近は、妹のライラの世話をしてくれているよ」

「……そう、だったんですね」

　あのグレイ様が貴族の屋敷で使用人として働いているだなんて、信じ難い。その上、働き者だという彼は、他の使用人達からもとても可愛がられているのだという。

　話を聞けば聞くほど、戸惑いを隠せなくなる。

「やはり彼は、貴族だったんだね」

「はい」

「だよなあ。見つかった時の身なりは平民のものだったけど、所作だって綺麗だし妙に品もあるし、おかしいとは思っていたんだ」

フィン様は眉尻を下げ、困ったようにそう呟いた。

記憶はなくとも、身体に染み付いた所作などはやはり出てしまうものらしい。彼が侯爵令息だったことを伝えれば、フィン様はかなり驚いた様子だった。

「……それもあの、ゴールディング家の子息だったとは」

もちろん彼も、例の事件については知っていたのだろう。グレイ様を知る人物に遭遇し、妙な形で噂が広まる前にこうして知ることが出来てよかったと、溜め息を吐いた。

「どうしてテオ、という名前を？」

「ライラが付けたんだ。まるで神様からの贈り物みたいな人だ、なんて言ってね」

リリーのそんな問いに答えた後、フィン様は見るからに肩を落とした。彼の様子から、先程のライラ様の態度の変化の理由が分かったような気がする。

「可愛い妹が……と思うと辛くて辛くて仕方ないんだけど、どうやらライラは彼のことを好いているようなんだ」

「そう、なんですね」

「生まれつき体が弱くて、ずっとこの屋敷に籠っている妹の初恋でね。だからこそ今後、どうしてやるのがいいのかと悩んでいたんだけど……ゴールディング家か……」

フィン様はくしゃりと栗色の髪をかき上げると「まいったな」と呟き、再び深い溜め息を吐いた。本人は悪くないとは言え、家族が犯罪を犯し貴族位を剥奪された人間との恋路を応援するのは、流石に気が進まないのだろう。周りの目だってある。

その一方でライラ様は、彼を知るわたし達と関わることでグレイ様が記憶を取り戻し、自分の元から離れていくことを恐れているような気がした。

そうして話をしているうちに再びフィン様は急な仕事で呼ばれてしまい、また改めて話をしようということになったのだった。

◇◇◇

グレイ様のことが頭から離れず、少しだけ一人になりたいと思ったわたしはリリーに断りを入れ、少し遠回りをして部屋へと向かう。

「貴女は、先程の……」

ぼんやりと歩いていると不意に聞き覚えのある声がして、顔を上げた先にはグレイ様その人の姿があった。

思わず名前を呼びそうになり、慌てて口を噤む。彼は今グレイ・ゴールディングではないのだと、必死に自身に言い聞かせる。

「あの、過去の僕のことをご存じなんですよね？　どういう関係だったのかお伺いしても？」

「幼馴染、でした」

そう答えると、彼は驚いたように切れ長の目を見開いた。

「良ければ、もっと話を聞かせていただけませんか？　何も思い出せず、困っていて」

「……それは」

――もしもわたしが過去について話し、それをきっかけに彼が記憶を取り戻したとして。果たしてそれは、彼にとって良いことなのだろうか。そんな疑問が浮かぶ。

平民となった彼が今この屋敷で使用人として馴染めているのは、記憶がないことによるものが大きいに違いない。元の彼に戻ってしまえば、絶対にこの暮らしには戻れないだろう。

「分かりました。フィン様も交えた上で、後でまたお話をさせていただけませんか？」

けれど、わたしが一人で悩み判断することではない。ライラ様の事だってある。二人で話すよりも、フィン様を交えしっかりと場を設けて話をした方がいい。

グレイ様であってグレイ様ではない彼と二人でいるのはひどく落ち着かず、わたしは早足で彼の隣をすり抜けようとしたけれど。

すれ違った瞬間、何故か彼の右手はわたしの手をしっかりと掴んでいた。

面影と思いと

驚くほどきつく、手首を掴まれていた。それと同時に、いつもこうして彼に無理やり腕や肩を掴まれていたことを思い出してしまう。

けれど今は、あの頃のように足が竦むことも詰まったように声が出なくなることも、視界がぼやけることもない。

「手を、離していただけませんか」

そう声を掛ければ、彼ははっとしたように手を離し、慌てて腰よりも低い位置で頭を下げた。

「っすみません、身体が勝手に動いて……！　大変申し訳ありません！」

「いえ、大丈夫です」

こうして引き止めるように腕を掴まれたことで、もしや本当は記憶があるのではないかと疑ってしまったものの、平身低頭して謝っている姿を見る限り、やはり事実なのだろう。

演技だとしても彼がこんな風に謝れるような人ではないことを、わたしは誰よりも知っている。

「どうか、お顔をあげてください」

「……はい。ありがとうございます」

グレイ様はしばらく悩むような素振りを見せた後、口を開いた。

「すみません、嘘を吐きました」

「えっ？」

「先程は身体が勝手にと申し上げましたが、実際はあの瞬間、何故か貴女を引き止めなければと強く思ったんです。そうしたらいつの間にか、手が伸びていて……」

そんな言葉や切なげな表情を見ていると、あの日の彼の告白を思い出してしまい、心臓がぎゅっと締め付けられた。

『好きだ』

『初めて見た時から、ずっと好きだった』

たとえ記憶がなくなっていても、彼の中には何か残っているものがあるのかもしれない。

「僕は、以前も貴女にこんなことを……？」

真っ赤な瞳が、不安げに揺れる。昔は彼の燃えるような瞳に見つめられるだけで、息苦しくなっていたというのに。今はただひたすらに、心が痛んだ。

小さく頷けば彼は眉尻を下げ、謝罪の言葉を消え入りそうな声で呟いた。

「それでは、また後で改めてお話させてください」

「はい、ありがとうございます。フィン様には僕の方からお伝えしておきます。……手首、少しだけ赤くなってしまっていますね。申し訳ありません」

再び深く頭を下げた彼を見ていると、泣きたくなってしまう。わたしの知るグレイ様は本当に消えてしまったのだと、思い知らされる。

誰よりも偉そうな態度で横暴だった彼が、こうして頭を下げている姿を見ていると、やるせない気持ちになるのだ。

わたしもまた彼に向かって小さく頭を下げると、逃げるようにしてその場を離れたのだった。

◇◇◇

「本当にごめんなさいね、まさかこんなことになるとは思っていなくて」

「ううん、リリーは悪くないもの。気にしないで」

宛てがわれた部屋に戻って少し経った頃、リリーが訪ねてきてくれた。彼女は「楽しい旅行にするつもりだったのに」と、申し訳なさそうな表情を浮かべている。

正直、旅行を楽しむような気分ではないけれど、誰かが悪いわけではない。

「それにしても、フィン様もどうするのかしらね」

「……うん」

「貴族位を剥奪された元侯爵家の令息、それも記憶が無いだなんて……いくら可愛い妹様がグレイ様に想いを寄せていたとしても、応援することなんて出来ないでしょう？」

やはりリリーも、同じことを心配していたらしい。

もしもわたし達が此処へやって来なければ、彼らは変わらずに過ごせていたのだろうか、なんて考えたりもしたけれど。

彼がこの屋敷で働き続けていれば遅かれ早かれ、いつか彼を知る人が訪れ、事実を知ることになっただろう。そう思うと、これで良かったのかもしれない。

「それより、少し似ていると思わなかった？」

「似てる？」

「ええ。アリスと、ライラ様よ」

予想もしていなかったリリーの言葉に、わたしの口からは間の抜けた声が漏れた。

数時間前に見た、彼女の姿を思い出してみる。髪色なんかは確かに似ていたけれど、自分ではよく分からない。

『アリス嬢って、俺の妹に似ているんだ』

『妹さんがいるの？』

『ああ。俺と君の髪色、似ているだろう？　妹も同じ色でね、雰囲気とか笑った顔もすごく似ているよ』
けれどふと、音楽祭の時期にフィン様とそんな会話をしたことを思い出す。他人から見ると、やはりわたし達は似ているのかもしれない。
それと同時に、彼が『妹に恋人が出来たりしたら、俺は多分死ぬと思う』と言っていたことも思い出し、今の心境を思うとひどく胸が痛んだ。

◇◇◇

夕食を終えた後、広間にてフィン様とグレイ様、そしてライラ様と共に、わたしは大きなテーブルを囲んでいた。

わたし達が三人で話をすることを聞きつけたライラ様は、絶対に同席すると言って聞かなかったらしい。そんな彼女は今も、泣き出しそうな表情を浮かべていた。

「先程聞いた家のことなんかは簡単に、二人に説明してある。今の時間は彼からアリス嬢に、色々と質問する形でもいいかな？」

「はい。ありがとうございます」

「わたしも、それで大丈夫です」

フィン様から話を聞いたせいか、グレイ様の表情は先程よりも暗いものになっていた。家族が犯罪を犯していたなんて知れば、誰だって傷つくに決まっている。

やがて彼は、まっすぐにわたしを見つめた。

「貴女から見て、僕はどんな人間でしたか？」

「…………」

そんな問いに対して、わたしはどう答えたら良いのか分からなかった。ありのままを話しては、きっと彼はまた傷ついてしまうからだ。

「アリス様、本当のことを話していただいて大丈夫です」

そんな気持ちが顔に出てしまっていたのだろう、彼は困ったように微笑んだ。まだ躊躇いはあるものの、結局わたしは全てを話すことにした。


全てを話し終えると、グレイ様は「すみません」と謝罪の言葉を口にした。

しばらく彼は思い詰めたような表情を浮かべ、形の良い唇をきつく結んでいたけれど。

「……僕はアリス様のことを、お慕いしていたんですか」

やがて、そんな問いを口にしたのだった。

それは、祈りにも似た

「……僕はアリス様のことを、お慕いしていたんですか」

再び戸惑ってしまったけれど、グレイ様は先程、本当のことを話してほしいと言っていたのだ。

だからこそ、正直に答えようとした時だった。

「っもういいじゃない、過去のことなんて！　テオはテオなんだから、辛い過去を無理に思い出す必要はないわ……！」

ライラ様は今にも泣き出しそうな表情を浮かべ、立ち上がった。けれどすぐにふらりと倒れかけた彼女を隣にいたグレイ様が支え、抱き留める。

その顔色はひどく悪い。心配に思っていると、フィン様がすぐに彼女を部屋へと運ぶよう、グレイ様に指示をした。

「かしこまりました。……アリス様、申し訳ありません」

私に一礼するとライラ様を抱き上げ、グレイ様は部屋を出ていく。

やがてドアが閉まると、フィン様は深い溜め息をついた。

「妹が、本当にすまない」

「ううん。こちらこそ、ごめんなさい……」

「いや、アリス嬢は悪くないよ。むしろ話をしてくれて、本当にありがとう。今夜はゆっくり休んで」

「はい、ありがとうございます」

それからはライラ様の様子を見に行くと言う彼と共に広間を出て、わたしは部屋へと戻った。すぐに寝る支度を済ませ、ベッドへと入る。

――なんだか、とても長い一日だった。

今頃グレイ様は、どんな気持ちでいるのだろう。そんなことを考えては落ち着かなくなってしまい、なかなか眠りにつくことが出来なかった。

◇◇◇

そして翌日。結局朝も早くに目が覚めてしまい、わたしは時間をかけてしっかり身支度をした後、部屋を出た。

リリーは朝に弱いらしく眠たそうだったけれど、朝食を食べ終える頃にはいつも通りの彼女になっており、間も無くしてわたし達は伯爵家を出発した。

今日は今回の旅行のメインでもある、願いが叶うという泉に行くことになっている。

リリーもかなり張り切っているようで、泉へと向かう馬車に揺られながら、わたし達は相変わらずお喋りに花を咲かせていた。

「アリスはもう、願い事は決めたの？」

「ううん、まだ。リリーは？」

「私はもちろん、素敵な男性と巡り合えますように！　よ」

「叶うといいね」

実は旅行までの間もずっと、願い事について考えてはいたのだ。けれど結局何も思いつかず、リリーに「早く決めちゃいなさいよ」と言われている間に泉に到着してしまった。

馬車を降り少し歩いた先に、視界いっぱいに広がる美しい泉を目にしたわたしは、思わず感嘆の溜め息を漏らした。これほどに素敵な場所ならば、観光地として人気が出るのも分かる気がする。

その透き通る青はアーサー様の瞳の色によく似ていて、彼に会いたくなってしまった。

人気の場所だとは聞いていたけれど、早い時間のせいか今はわたし達しか居ないようで、心地よい静けさが広がっている。

二人並んで歩きながら、泉のほとりにある大きな石が積み上げられている場所へと向かう。

どうやらここで願い事をするといいらしく、まずはリリーが石の前に立った。やけに長い間、真剣な表情をしている彼女があまりにも可愛らしくて、笑みが零れる。

「お待たせ、次はアリスの番よ」

「うん。ありがとう」

何を願おうかとずっと悩んでいたけれど、やがて石の前に立った途端、ひとつだけ思いついたわたしは迷わず、どうかその願いが叶いますようにと両手を組み、祈った。

「ねえねえ、アリスは何を願ったの？」

「ふふ、内緒」

「もう。気になるじゃない」

それからはお互いの願いが叶うといいね、なんて話しながら、わたし達はゆっくりと泉の周りを歩き、穏やかな時間を過ごした。

◇◇◇

泉で願い事をした後は近くの街へと向かい、買い物をしたり昼食をとったりして楽しんだ。

そしてその日の晩、一日中出歩いていたせいで疲れたらしく、リリーは早々に風呂に入ると、子供が眠るような時間に眠ってしまった。

一方のわたしはと言うと、まだまだ寝付けそうにない。少し散歩でもしようかと上着を羽織り、庭に出ようとした時だった。

「こんばんは」

廊下でそう声を掛けてきたのは、なんとグレイ様だった。昨日ぶりの彼は今日も穏やかな雰囲気を纏っており、やはり落ち着かない。

「昨日は途中で退出してしまい、申し訳ありませんでした」

「いえ、大丈夫です。ライラ様は大丈夫でしたか？」

「はい。ただの立ちくらみだったようで」

彼はやがて、わたしが羽織っている上着へと視線を向けた。

「庭園へ行くおつもりですか？」

「はい、少しだけ散歩をしようかと思って」

伯爵家の庭園はかなりのもので、フィン様からも「夜の庭もとても綺麗だから、機会があれば是非見てほしい」と言われている。もちろん見張りが居るため、安全だそうだ。

「お供してもよろしいですか？」

「えっ？」

「少しだけ、アリス様と二人で話をさせていただきたいんです」

戸惑うわたしに対して、彼は縋るような視線を向けてくる。

——普段なら、間違いなく断っていただろう。けれどグレイ様とこうして話をするのは、きっとこれが最後になる。なんとなく、そんな気がして。

「どうか、お願いします」

「……わかりました」

やがてわたしは、小さく首を縦に振ったのだった。

神様がくれたもの

レイノルズ伯爵家の夜の庭園は、昼とはまた違った雰囲気があり、幻想的で美しかった。

少しだけ距離を空けて、二人でゆっくりと歩いていく。あれからお互いに言葉は交わしていなかったけれど、不思議と気まずくはなかった。あのグレイ様と一緒にいるとは思えないほど、穏やかで静かな時間が続いている。

そんな中、先に口を開いたのは、彼の方だった。

「……貴女を見ていると、泣きたくなるんです」

わたしは思わず足を止め、美しい花々からグレイ様へと視線を移した。柔らかく細められた、真っ赤な瞳と視線が絡む。

「目を覚ましてから色々な人や物に触れてきましたが、こうして心が動くのは貴女だけでした」

それほどに、過去の僕は貴女を思っていたんでしょうね、と彼は呟いた。そんな言葉に、胸が締め付けられる。

「……記憶を、取り戻したいと思いますか？」

「いいえ」

わたしの問いに対し、彼ははっきりとそう答えた。その口元には、穏やかな笑みが浮かんでいる。

「本当の自分から、過去から逃げているという自覚はあります。それでも狡い僕は、神様から人生をやり直すチャンスを頂いたのだと思いたいんです」

「やり直す、チャンス……」

「はい。アリス様から過去の話を聞いて、確信しました。きっと過去の僕のままでは、平民として生きていくことは辛かったでしょう」

今の彼がそんな風に思っていたなんて、わたしは想像すらしていなかった。けれど侯爵令息として生きてきた彼が、平民として生きていくのは間違いなくとても辛く、難しいことだっただろう。

「アリス様への想いを抱えたままでいることは、過去の僕は何よりも辛かったはずです」

「……っ」

「何ひとつ覚えていないのに、貴女のことを考えるだけでこんなにも泣きたくなって、胸が苦しくなるんですから」

そう言って、彼は困ったように微笑んで。その姿は彼に好きだと告げられた、あの日の表情と重なって見えた。

涙腺が緩んでしまうのを、ぐっと唇を噛んで堪える。

「いつか記憶を取り戻しても、今こうして過ごしている時間は僕の助けになると思います」

そんな前向きな考えに、わたしは胸を打たれていた。

やがて「行きましょうか」と歩きだした彼と共に、わたしも再び歩みを進める。足元ではほのかな明かりに照らされた花たちが柔らかな風に撫でられ、切なげに揺れていた。

「フィン様から、もうすぐ結婚されると聞きました。きっと、お相手は素敵な方なんでしょうね」

「ええ、とても」

「それは良かった。おめでとうございます」

安堵したように、嬉しそうに微笑む彼を見ていると、やはり泣きたくなってしまう。彼にこうして祝福される日が来るなんて、思いもしなかった。

「どうか、幸せになってくださいね」

「はい。ありがとうございます」

帰国した後、リリーと会い話を聞いてからというもの、ずっと彼のことが気がかりだった。

記憶を失ったことが本当に、神様が彼に与えたやり直すチャンスだったのならば。わたしが彼と再び会えたこともまた、神様がくれたチャンスだったのかもしれない。

――ずっと、グレイ様が嫌いだった。大嫌いだった。

けれど彼は家族の次に一番、わたしの側にいた人でもあって。心の中に彼に対する情や心配する気持ちは、少なからずあった。

「……グレイ様も、どうか幸せになってくださいね」

昼間、願いが叶う泉で祈ったことを口に出せば、彼は今にも泣きそうな顔で「ありがとうございます」と微笑んだのだった。

◇◇◇

「フィン様、本当にありがとうございました」

「こちらこそ。是非また遊びに来てほしいな」

翌朝、わたし達はフィン様に何度もお礼を言った後、馬車に乗り込んだ。三日目である今日は、途中の街で観光をしつつ王都へと戻ることになっている。

グレイ様は今も、ライラ様の看病をしているそうだ。フィン様には呼んでくるかと尋ねられたけれど、断った。彼とは昨晩、きちんとお別れを済ませてある。

やがて馬車が走り出し、姿が見えなくなるまで手を振った後、わたしはリリーに向き直った。

「なんだか、あっという間だったわ」

「ええ。それにしてもグレイ様と会うなんてね」

「でも、来てよかったと思ってる。ありがとう」

そう伝えれば、リリーは驚いたように大きな瞳を少しだけ見開いたけれど、やがて「アリスがそう言ってくれて、良かったわ」と笑顔を浮かべた。

「アリス、まだ旅行は終わっていないんだからね！　ランチが美味しいお店もあるみたいだし、お買い物もしないと」

「ふふ、そうね。とっても楽しみ」

気合を入れ直すリリーに、思わず笑みが溢れる。

そして途中の街で、リリーが王都から来たという彼女好みの貴族男性に出会い「あの泉、本

物だわ！　また絶対行きましょうね！」とはしゃぐのはまた、別の話で。

わたしの願いもどうか叶いますようにと、心の中でそっと祈った。

誰よりも一番

「おかえり、アリス。旅行はどうだった？」

リリーとの旅行から帰って来て、四日後の今日。わたしは公爵邸を訪れ、アーサー様と共に彼の部屋にてゆっくりとした時間を過ごしていた。

前回会ってからそんなに経っていないというのに、かなり久しぶりのように感じる。それほどに、彼を恋しく思っていたのかもしれない。

「とても楽しかったです。リリーともたくさん話が出来て、いい思い出になりました」

「良かったね。リリー嬢が羨ましくなるよ」

「ふふ、ありがとうございます」

護衛に関してのお礼を伝えると、何事もなかったようで良かったと、隣に腰掛けているアーサー様は微笑んだ。

そして泉がとても綺麗だったことや、道中で見聞きしたことについて話せば、いつか一緒に行きたいと言ってくれた。アーサー様は、あの泉に何を願うのだろう。

「それと実は偶然、グレイ様にお会いしました」

「グレイ・ゴールディングに？」

「はい」

そしてわたしは、あの屋敷であったことを全て話した。彼は時折相槌を打ちながら、最後まで聞いてくれて。やがて「話してくれてありがとう」と言い、ひどく優しい手つきで頭を撫でてくれた。

アーサー様もゴールディング家についての話は知っていたものの、グレイ様の記憶喪失についてはひどく驚いているようだった。

「アリスの心残りが無くなったのなら良かった。それに内心、ほっとしてるよ」

その言葉の意味がわからず、首を傾げるわたしに彼は続ける。

「グレイ・ゴールディングには嫉妬していたんだ」

「えっ？」

「子供の時から、ずっと」

……思い返せば、アスランとしての彼とすれ違ってしまった原因も、グレイ様と一緒にいる姿を見られてのことだった。

あの頃から、彼はグレイ様のことを気にしていたのかもしれない。

「ずっと君の側にいて、俺の知らないアリスを知っているのが妬ましくて仕方なかった」

「アーサー様……」

「俺がくだらない嫉妬をして、アリスを突き放したのが悪いんだけどね」

そう言って、彼は困ったように微笑んで。わたしはそんな彼の手を、そっと掬い取った。

「たくさん、お話をしませんか？」

「アリス？」

「わたしもアーサー様のこと、もっと知りたいです。お互いのこと、たくさんお話ししましょう」

過去のわたしはいつも、自分のことばかり話していたように思う。

あの頃のアーサー様がどんなことを思い、何を考えていたのか。会えなくなってから、どんな日々を送っていたのか。まだまだ、知らないことは沢山ある。

「それに、これからの時間は全て一緒ですから。わたしが人生で一番一緒にいるのは、アーサー様です」

「……アリスはいつだって、俺の欲しい言葉をくれるね」

アーサー様はわたしを抱き寄せると、「ありがとう」と呟いて。それからずっと、わたし達はお互いのことについて話し続けたのだった。

◇◇◇

一週間後、わたしは今日もベアトリス様にお会いするため、公爵邸へとやって来ていた。二人でお茶をしながら結婚式の打ち合わせをしたり、公爵家について教わったり。覚えることが多く、メモを取りながら必死に頭に叩き込んでいく。

アーサー様はかなり忙しいようで、屋敷内にはいるらしいものの、まだ会えていなかった。

「実は、領地内で大きな問題が起きてしまったの。アーサーもしばらく忙しくなりそうだわ」

「そうだったんですね……」

「結婚式前には落ち着くといいのだけど」

ベアトリス様は深い溜め息を吐くと、ティーカップに口をつけた。しばらくアーサー様は、公爵様と共に領地と王都を行き来することになるという。

「私も夫の手伝いをしたいと思っているの。そこで、義妹にアリスの教師役を頼もうと思って」

「義妹様、ですか？」

「ええ。コリンナというの。明るくて優しい女性よ」

今呼ぶわね、と彼女はメイドに指示をし、やがて部屋へと入ってきたのは、アーサー様と一人の美しいご婦人だった。

アーサー様はまっすぐにわたしの元へと来ると「会いたかった」と柔らかく瞳を細めた。その顔にはやはり、疲れの色が浮かんでいる。

「遅くなってごめんね」

「いえ、お忙しい中ありがとうございます」

「あらアーサー、コリンナと一緒だったのね」

「はい。丁度部屋の前でお会いしました」

そしてベアトリス様から、コリンナと呼ばれた女性を紹介され、わたしは立ち上がり頭を下げた。

「アリス・コールマンと申します」

「コリンナよ。よろしくね」

ふわりと花のように微笑んだ彼女からは、どこか見覚えのある美しさが感じられる。

「アリスのこと、よろしくお願いします」

「ええ、もちろんよ」

アーサー様の言葉に、彼女はにっこりと微笑んだ。

「コリンナ様はとても優しい方だから、安心して」

「はい」

「けれど一応、何かあったら俺にすぐ相談してね」

「わかりました」

お二人がそう言うのだ、コリンナ様は余程優しい方なのだろう。

そして早速、わたしはコリンナ様と共に自室となる部屋へと移動して、教えを受けることになったのだけれど。

「まあ、こんなことも知らないの？　これでアーサーの婚約者だなんて、信じられないわ」

「……申し訳ありません」

「クロエとは大違いね」

――それから三十分後、わたしはコリンナ様によってこれ以上ないくらい、きつく叱られ続けていたのだった。

「学園だけでなく、隣国のアカデミーにまで行ってこれなの？　時間とお金の無駄じゃない、遊んでいたのかしら」

「……申し訳ありません」

コリンナ様に教えていただいていることは、知らないことばかりで。何も答えられずにいるわたしに、彼女は呆れたような視線を向け、厳しい言葉を並べ立てている。

「クロエはこんなもの、とうの昔に理解していたわよ」

全て今まで習ったことや聞いたこともないものだったけれど、わたしが知らないだけで常識であったり、重要なものだったりするのかもしれない。無知なわたしが全て悪いのだ。

そして彼女はよく、わたしとクロエ様を比較した。

「はあ、まるで子供に教えている気分だわ」

「申し訳、ありません」

けれど、全て事実なのだろう。わたしとクロエ様では、今までしてきた努力だって、何だって違う。

それにアーサー様もベアトリス様も、コリンナ様のことをとても優しい方だと言っていた。そんな方をここまで言わせてしまっている、わたしの方に問題があるに違いない。

きっとこうして厳しくしてくださることも、わたしの為、そしてアーサー様、公爵家の為なのだ。先程から何度も視界がぼやけていたけれど、きつく両手を握り締め、堪えた。

「もう一度、最初から教えていただけますか？」

もっともっと頑張らなければと、気合を入れて。


「アリス、お疲れ様。どうだった？　困った事はない？」

「はい。自分の至らなさを、ひたすらに実感しました」

「……至らなさ？」

また来週、公爵家にてコリンナ様に指導していただく約束をした後に広間へ戻れば、ちょうど一仕事終えたらしいアーサー様が待ってくれていた。

手を引かれアーサー様の部屋へと移動すると、今日も彼が手ずからお茶を淹れてくれて。その温かさが身体に染みて少しだけ泣きそうになったけれど、ぐっと唇を噛んだ。

「その、コリンナ様はどんな方なんですか？」

「子供の頃から知っているけれど、本当に穏やかな方だよ。とても聡明で、父も頼りにしているくらいだ」

「そう、なんですね……」

やはり彼女があれほど厳しい態度なのは、わたしが不出来なせいだ。わたしは隣に座るアーサー様の手を取ると、美しい碧眼をまっすぐに見つめた。

「アーサー様、わたし、もっと頑張りますから！」

「ありがとう。けれど無理はしないでね」

「はい。アーサー様もお身体には気をつけてください」

「俺はこうしてアリスと居られるだけで、元気になれるよ」

彼の手を包んでいたわたしの手を引き寄せ、手の甲にそっとキスを落とすと、アーサー様は微笑んだ。それだけで、心臓がうるさいくらいに大きな音を立てていく。

「……アーサー様、大好きです」

「ありがとう。俺もだよ」

大好きなアーサー様を、失望させたくない。今はこんなにも至らないわたしだけれど、いつか彼の助けになれるような人になりたいと、強く思った。

「……これら全てを、覚えてきたというの？」

「はい」

一週間後。わたしは公爵邸の一室にて、再びコリンナ様に指導していただいていた。

……この一週間、毎日図書館に通い、先日教えていただいたことの復習をひたすらに続けていた。実は通っているうちに素敵な友人も増え、充実した日々を送っている。

彼女はとても聡明な美しい女性で、時折わたしが分からないことを丁寧にわかりやすく教えてくれていた。

ちなみに今日、アーサー様は公爵様と共に領地へと行っているらしく、使用人を通して先程手紙を受け取っている。

「これくらいで、賢くなった気にならないことね」

「はい」

「次はこれを全部読んで、しっかり理解しておきなさい」

そうして渡されたのは、領地経営に関するとても難しそうな本だった。驚くほど分厚く、一度読むだけでもかなりの時間がかかりそうだ。

明日からも勉強漬けの日々になるだろう。大変だけれど、自分なりに勉強していた頃とは違い、やるべきことをこうして提示してもらえることはありがたかった。

「ああ、そうだわ。来週は知人の夜会に行くからついて来るように」

「わかりました」

コリンナ様と二人で夜会に行くなんて不思議だったけれど、社交の場でのマナーなんかを改めて教えていただけるのかもしれない。

その後はベアトリス様と軽く結婚式の打ち合わせをし、わたしはまっすぐに図書館へと向かった。

「あら、アリス。来たのね」

「こんにちは、オフィーリア」

当たり前のようにその隣に腰掛けると、彼女はわたしの顔を見るなり「寝不足みたいな顔をしているけれど、大丈夫?」と心配そうな表情を浮かべている。

お互いに身分は明かしていないけれど、毎日のように顔を合わせているうちに、あっという間に仲良くなっていた。身なりや所作から、彼女が上位貴族であることには何となく気が付いていたけれど、何も言わずにいる。

「また、不思議なものを読んでいるのね」

彼女は美しい赤髪を耳にかけると、わたしが鞄から取り出したコリンナ様からの宿題である本を覗き込んだ。

「これもね、将来のために必要なことなの」

「ふうん。アリスって、教師にでもなるつもりなの？」

「教師……？」

「まあいいわ、分からないことがあったら何でも聞いて」

「ありがとう。オフィーリアは何でも知っていてすごいわ」

そう言って微笑めば、彼女もまた美しい笑みを浮かべ、わたしの頭をそっと撫でてくれた。

変化

「アリスがその髪型をしているの、珍しいね」

「あまり似合いませんか……？」

「まさか、とても可愛いよ。世界一可愛い」

隣に座っていたアーサー様は、わたしの綺麗に編まれた三つ編みをそっと手に取り、微笑んだ。

今日は午後、領地から戻って来た彼と急遽会えることになり、午前中オフィーリアと共に図書館で過ごした私は、まっすぐに公爵家へとやって来ていた。

相変わらず彼は忙しいというのに、それでもこうしてわたしに会う時間を作ってくれている。申し訳なく思いつつも、嬉しくて仕方ない。

「最近知り合った友人が結んでくれたんです」

「前に言っていた、図書館で会っている令嬢かな？」

「はい」

オフィーリアとは、驚く程に話が弾む。もちろん、彼女が博識で会話上手なことも理由の一つだろうけれど、とても気が合うのだ。

彼女といる時間は楽しく、毎回あっという間に時間が過ぎていく。

「本当に素敵な女性なんですよ。優しくて聡明で何より美人で、自慢の友人です」

「……そうなんだ」

アーサー様はわたしの手を取ると、彼の頬に触れるようにして自身の手を重ねた。その表情は何故か、拗ねているようにも見える。

「妬けるな」

「えっ？」

「女性だと分かっていても、アリスにそんな顔でそんな風に褒められている彼女が、羨ましくなる」

そう言って、アーサー様は困ったように微笑んだ。

「俺が忙しくて会えていない間、毎日のようにアリスといることに対しても、正直妬んでる」

「ふふ」

「俺は本気だよ」

「わかっていますよ」

最近のアーサー様は、こういった可愛らしい表情も見せてくれるようになった。

以前よりも距離が縮まったように思えて、嬉しい。それに、女性にまでやきもちを焼く彼が愛しくて仕方なかった。

「わたしはいつも、アーサー様のお話ばかりしていますよ。誰よりも素敵で、大好きな婚約者がいると」

「本当に？」

「はい。わたしの一番は、いつだってアーサー様ですから」

「……アリスは本当に、俺を喜ばせるのが上手いね」

やがて大好きな匂いと体温に包まれて、最近感じていた疲れもあっという間に吹き飛んでいくような気がした。

アーサー様と一緒にいられることがわたしにとって、一番の幸せだと改めて実感する。

「そういえば彼女、なんていう名前だったかな？」

「オフィーリアです。とても綺麗な赤髪をしていて」

「……オフィーリア……赤髪……」

そう呟いた彼は、何か思い当たることがあるようだった。

こんなにも毎日会っているというのに、結局オフィーリアとはお互いの身分を明かしていない。なんとなく、彼女が隠しているような気がしたのだ。

とは言え、彼女ほどの美しい女性が社交の場に出ていたならば、絶対に知らないはずはないのにと、不思議に思ってもいた。

「そうだ、この後の予定は？　夕食は一緒にどう？」

「すみません、もうすぐ帰らないといけなくて」

「何か用事が？」

「はい。今日はこの後、晩餐会に行くんです」

アーサー様と一緒に食事をしたかったけれど、そろそろ帰って支度をしないと間に合わないだろう。

「明日も、知人の誕生日パーティーに参加する予定で」

「アリスがそんなに参加するなんて、珍しいね」

「はい。これからは積極的に足を運ぼうと思っています」

「どうして？」

「その、もっと交友関係を広げられたらな、と」

社交の場に出ることが得意ではなかったわたしが、こうして突然参加するようになったことには勿論、理由がある。

『まあ。次期公爵様の婚約者でありながら、ここにいる方のどなたも存じ上げないというの？』

『……申し訳ありません』

『皆様、すみません。私の指導不足ですわ』

『そんな、コリンナ様は何も悪くありませんのよ』

『ええ、そうですわ。その、ねえ……？』

先日、コリンナ様と共に彼女の知人が開催するパーティーに行った際、そんなやり取りがあったのだ。

今後のことを考えれば、もっと人脈を広げていく必要があるのは当たり前で。わたしはそんな自分を恥じ、もっと積極的に参加していくことを決めた。

　コリンナ様がわたしに呆れる理由も、分かってしまう。本当にわたしには、足りないことだらけだった。彼女のお蔭で気付くことができ、感謝している。

「もし良かったら、今後は事前に教えてくれないかな？　俺も顔を出せるものはなるべく、一緒に参加したいから」

「わかりました、ありがとうございます。けれどアーサー様もお忙しいでしょうし、わたしは一人でも大丈夫です」

　間違いなく、わたしよりもアーサー様の方がお忙しいはずだ。それなのに、これ以上負担をかけるわけにはいかない。

「アリスこそ忙しいように見えるけど、辛くはない？」

　大変ではあるけれど、自分のため、そしてアーサー様のためだと思えば全く辛くはなかった。

　身近にオフィーリアという同年代の憧れの女性ができたことで、余計にやる気が湧いている。

　何より、自分の世界が以前よりも広がっていくような、そんな気持ちになっていた。

「はい。辛いどころか、今は楽しいです」

「……それなら、良かった」

　そう言ったアーサー様は笑みを浮かべてはいたものの、その表情は何故か少しだけ、暗いようにも見えた。

◇◇◇

公爵邸にてコリンナ様との勉強を終えてすぐ、声をかけられて。振り返るとそこには、ベアトリス様の姿があった。

「アリス。お疲れ様」

「ありがとうございます」

「ちょうど私も一仕事終えたところだったの。一緒にお茶でもどうかしら？」

「はい、喜んで」

良かったと微笑むベアトリス様の美しいお顔にも、疲れの色が見える。余程忙しい日々を送っているのだろう。

それからわたし達は広間へと移動し、すぐにメイドがお茶の準備をしてくれた。

「アーサーの方もそろそろ落ち着くでしょうから、ゆっくり会ってあげてね。アリスに会えなくて辛そうだもの」

「ふふ、もちろんです」

領地での問題も解決の方向へと向かっているらしく、わたしも安堵していた。

「勉強の方はどう？　辛いことはない？」

「はい。わたしが至らないせいでご迷惑をかけていて、コリンナ様には申し訳なくて……」

「良かった。コリンナだから大丈夫だとは思うけれど、何かあったらすぐに言ってね？　アーサーが怖いから」

悪戯っ子のように笑ったその表情はアーサー様によく似ていて、思わず笑みが溢れる。

……実はコリンナ様は最近、以前よりもわたしに対する厳しい言葉が減っていた。むしろやる気を出せば出すほど、彼女は何故か戸惑ったような表情を浮かべるのだ。

とは言え、変わらずに学ぶべきことを教えてくれていて、わたしはそれを基にオフィーリアとの勉強も続けていた。

「それにしても最近のアリスは、なんだか雰囲気が変わったわね。大人っぽくなったというか、綺麗になったわ」

「本当ですか？　嬉しいです」

「ええ。ドレスの好みも変わったのかしら」

「実は最近、友人がドレスを贈ってくださるんです」

そう、最近オフィーリアは会うたびに新品の高級ドレスをくれるようになったのだ。申し訳ないと遠慮しても、いいからと言って聞いてくれない。

そんな彼女は、名前を隠しドレスショップの経営をしているのだという。いつもお洒落だとは思っていたけれど、まさか自ら事業をやっているなんて、と驚いてしまった。

何でもこなす彼女に、余計に憧れてしまう。

『アリスはもっと、落ち着いたものも似合うと思うわ』

『そうなのかな?』

『ええ。それに服装を変えるだけで雰囲気も変わるし、舐められなくなったりもするものよ』

『…………?』

私が身につけている物は全て、アーサー様が選んでくださり、贈ってくれたものだ。アクセサリーも靴も、何もかも。

もちろんアーサー様がくださった物は何よりも大切で気に入っているけれど、彼に会わない日には、オフィーリアに頂いたものも着るようになっていた。

そしてハンナがそれに合わせた化粧やヘアアレンジをしてくれることで、余計に雰囲気が変わったのかもしれない。

「素敵な友人ができたのね」

「はい、とても」

「良かった。きっとこの先、そんな友人の存在は絶対に助けになると思うわ」

私もそうだったから、とベアトリス様は微笑んだ。

ちなみにアーサー様は三日後、領地から王都へと戻ってくるらしい。それを楽しみに、わたしも明日からまた頑張ろうと決めたのだった。

◇◇◇

「……あれ？　アリスちゃん？」

翌日の晩、とある夜会でわたしにそう声をかけたのはライリー様で。久しぶりに会った彼は嬉しそうに微笑むと、やがてきょろきょろと辺りを見回した。

「あれ、アーサーは？」

「アーサー様なら今は、領地の方に行かれています」

「えっ？　じゃあアリスちゃん、一人で参加してるの？」

「はい」

そう答えると、彼はひどく驚いたような表情を浮かべた。

「よくアーサーが許したね、一人でこんな場所に出るなんて反対されそうなのに」

「事前に報告はしていますけど、反対はされませんでした」

もちろん今日も、事前に手紙で報告をしてある。彼からの返事はいつも「無理しないでね」

とわたしの身体を気遣う言葉ばかりで、嫌がっているような素振りはなかった。

「そうなんだ、アーサーも大人になったんだね。アリスちゃんの雰囲気もなんだか変わったし、アーサーと喧嘩でもしたのかと思っちゃった」

そんなライリー様の言葉に、思わず笑みが溢れた。

「ふふ、アーサー様と喧嘩したことなんてないですし、この先もすることはないと思います」

「確かに二人が喧嘩するところなんて、想像つかないかも。アーサーはアリスちゃんに対して怒ることなんてなさそうだし、何かあってもすぐ謝りそうだもんね」

気まずい雰囲気になってしまったことはあるけれど、アーサー様と言い争いになったことなどただの一度もなかった。

ライリー様の言う通り、わたし自身もアーサー様と言い争うなんて想像もつかない。

だからこそ、彼と喧嘩なんてする日はこの先も絶対に来ないと、この時のわたしは思い込んでいたのだった。

友人

「アリス、久しぶりだね」

「はい」

わたしは今、公爵邸にてアーサー様と過ごしている。少し伸びた髪を片耳にかけている姿には、思わずどきりとしてしまう。

ベアトリス様とデザイナーと結婚式のドレスについての話を進めていると、領地で忙しい日々を送っているはずのアーサー様が急遽、王都へ戻ってきたのだ。

そしてベアトリス様のご好意で、久々にこうして二人での時間を作っていただいている。

「今日は打ち合わせだと手紙で聞いていたから、もしかしたら会えないかなと思っていたんだ。間に合って良かった」

あまりにも嬉しそうに笑うものだから、わたしはついアーサー様の身体に腕を回し、自分から抱きついてしまった。

するとすぐに抱きしめ返してくれて、嬉しくなる。

「どうしたの？」

「その、少し甘えたくなってしまって」

……何かを学ぶことも自身の世界を広げていくことも、とても楽しい。何よりわたし自身のために、アーサー様や公爵家のために、すべき当然のことだとは分かっている。

それでも、わたしなりに頑張っているのは事実で。忙しい日々にほんの少しだけ、疲れていたんだと思う。

けれど大好きなアーサー様の腕の中にいると、そんな疲れも一瞬で吹き飛んでしまうような気がした。

「かわいい。俺で良ければ、いくらでも甘やかすよ」

そう言って、彼はそっと頭を撫でてくれる。とは言え、アーサー様だって疲れているはずなのに、そんな様子は一切見えない。きっと、わたしには見せないようにしているのだろう。

今日だけはこうして甘えさせてもらい、また明日から頑張ろうと決めて、アーサー様の優しい体温に身を委ねた。

それからは二人でお茶をしながら、手紙では伝えきれなかったお互いの近況について話していた。先日ライリー様に会ったことを話せば、実は彼も近いうちにノア様と三人で会うことになったのだという。

アーサー様の領地での仕事も来週には完全に落ち着くようで、少しはゆっくり出来るようになるらしく、ほっとする。

「それにしても、少し雰囲気が変わったね」

「最近よく言われるんです。服装や髪型のせいでしょうか」

今日は彼に会えると思っていなかったため、オフィーリアのお店の新作だというドレスを着ている。なかなか手に入らない最新の人気の型だと、ハンナが教えてくれた。

ちなみにいくら断っても彼女は従者に指示し、わたしの馬車にドレスを積んでしまうのだ。申し訳ない気持ちはあるものの、もちろん嬉しい。彼女もそれを分かっているからこそ、強引な手段をとっていることも分かっていた。

そんな彼女に対してわたしに出来ることと言えば、お菓子を作っていったり、この国のことについて話したりすることくらいで。さっぱり釣り合っていないように思う。

「それも、最近できた友人に貰ったもの？」

「はい」

「そうなんだ。本当に仲が良いんだね」

アーサー様はいつもと変わらない笑顔でそう言うと、再び他の話題について話し始めた。

……いつも何でも褒めてくれる彼が何も言わないということは、やはりこういった大人っぽいものは似合っていないのだろうか。もしかすると、好みではないのかもしれない。

「今日はこの後、アリスは夜会に参加する予定だったかな」

「はい。コリンナ様と一緒です」

前回のことを思い出すと、正直気が重い。けれど、しっかりしなければと気合を入れる。

「……少しだけ、寂しいな」

「えっ？」

「なんだかアリスが遠くに行ってしまいそうで」

するとアーサー様は困ったように微笑み、そう呟いた。彼がそんな風に思っていたなんて、と驚いてしまう。

むしろ彼に近づくために努力しているようなもので、寂しく思うことも不安に思うことも何もないというのに。

「わたしはいつでも、アーサー様のお側にいますよ」

「ありがとう」

「ずっと、アーサー様が一番です」

そう言って彼の手を取れば、アーサー様はほっとしたように微笑んでくれて。わたしも嬉しくなり、つられて笑顔になってしまうのだった。

◇◇◇

「……申し訳ありません」

その日の晩、コリンナ様と共に夜会に参加したわたしは、前回と同様、自身の至らなさを指摘され続けていた。

その中でも、コリンナ様のご友人だという侯爵夫人の言葉はとても厳しいもので。彼女のような方と親しくしておかなければ今後困ると、何度も言い聞かせられている。

「それにしても、アーサーは見る目がないのね」

けれど、コリンナ様のその言葉だけはどうしても許せなかった。わたしが悪いだけで、彼は何も悪くないのだから。

だからこそ、訂正してほしいと言おうとした時だった。

「へえ、面白い話をしているじゃない。あなた方と私、果たしてどちらと親しい方が彼女にとって良いのかしらね？」

不意にそんな凛とした声が聞こえてきて、慌てて顔を上げる。するとそこには、よく見知った顔があって、思わず驚きの声が漏れた。

呆然とするわたしを見て、彼女はくすりと笑う。

「ご機嫌よう、アリス。いつか会うとは思っていたけれど、まさかこんなにもすぐだなんてね」

「オフィーリア……？」

鮮やかな紫のドレスを着こなしている彼女は、私の元へとまっすぐにやってくると、にっこりと笑みを浮かべた。

彼女が貴族令嬢であることは分かっていたけれど、いざこうして社交の場で顔を合わせてみると、なんだか不思議な気分だった。

「それにしてもこの国の社交界って、こんな感じなの？　なんだか陰湿で、とても嫌だわ」

やがてオフィーリアはコリンナ様を含めた身分の高い女性達に向かって、そう平然と言ってのけた。慌てるわたしを他所に、彼女は堂々とした態度を貫いている。

けれど誰も、反論をすることも咎めることもしない。むしろ皆、叱られたような表情すら浮かべていて、この妙な空気にわたしは戸惑いを隠せずにいた。

「……どうして、オフィーリア様がここに」

「つい最近、戻ってきたと聞いたわ」

近くにいた夫人達の囁き声が聞こえてきて、一体彼女は何者なのだろう、という疑問が膨らんでいく。

そんなわたしの気持ちを見透かしたように、彼女は「改めて自己紹介をさせて」と言い、誰よりも綺麗に微笑んでみせた。

「私はオフィーリア・ローラット。この国唯一の公女よ」

そして告げられた事実に、わたしは驚きを隠せない。

「ローラット公爵家の……？」

「ええ。黙っていてごめんなさいね、アリス」

オフィーリアはそう言うと、誰よりも美しく微笑み、わたしの手を取った。そんなわたし達の様子を、コリンナ様達はひどく驚いた様子で見つめている。

――幼い頃から他国に留学している公女様の存在は、わたしも聞いたことがある。けれど、まさかそれがオフィーリアだったなんて、想像すらしていなかった。

けれど今は、彼女が公爵令嬢であることに納得すらしていた。むしろもう、それ以外は考えられないくらいだ。

やがてオフィーリアは「ああ、そうだわ」と呟くと、輝くような金色の瞳をコリンナ様へと向けた。

「貴女かしら？　アリスにいつも勉強を教えているのは」

「は、はい」

「貴女がいつもアリスに渡している本を見ていたけれど、こういうことだったのね。家庭教師、早めに辞めた方が身の為だと思いますよ」

「…………っ」

そんなオフィーリアの言葉に、コリンナ様は顔を真っ赤にして俯いた。一体、どういうことなのだろう。

「彼女は私の大切なお友達なの。忘れないでくださいね」

周りに向かってそう言うと、オフィーリアはわたしの手を引いて、ホールを後にしたのだった。


「ほ、本当に、びっくりした……」

「ふふ、でしょうね。アリスの顔、傑作だったわ」

彼女はおかしそうに笑うと、手を繋いだまま近くの休憩室の椅子に腰掛けた。わたしもまた、そのすぐ隣に腰を下ろす形になる。

ちなみにコリンナ様達が彼女の顔を知っていたのは、公爵邸に飾ってある大きな姿絵のせいだろうと、彼女は深い溜め息をついた。公爵様は彼女を溺愛しているらしい。

「お願いだから、今までと態度を変えたりはしないでね」

「いいの？」

「ええ。それが嫌で、元々身分を隠していたんだもの」

「分かったわ」

すぐに頷けば、彼女は両手でわたしの手を握り、嬉しそうに微笑んだ。同性だと言うのに、やはりどきりとしてしまう美しさだ。

「アリスも良かったら、自己紹介してくれないかしら？」

彼女は過去に色々とあったようで、普段は付き合う人間のことを事前に調べるものの、わたしのことは名前のみしか知らないままらしい。

わたしはどう見ても悪い人間ではないのが分かると言って、彼女は笑った。

「それでは、改めて。わたしはアリス・コールマン。コールマン伯爵の娘です」

「まあ、伯爵家のご令嬢だったのね」

「うん。本当に恥ずかしいくらい貧乏なんだけれど」

「そんなこと関係ないわ。私は素直で一生懸命で可愛いアリスが好きなの」

「あ、ありがとう……」

はっきりとそう言われてしまい、少しだけ照れてしまう。わたしもオフィーリアのことが大好きだと伝えれば、彼女はぎゅっと抱きしめてくれた。

「嬉しい。これからもずっと仲良くしてね」

「ええ。こちらこそよろしくね」

やがてわたしから離れたオフィーリアは「ねえ、アリス」と言い、真剣な表情を浮かべた。

「とにかく、家庭教師は早めに変えた方が良いわ。嫌がらせでしょうけど、どう考えても学ぶ必要のないことが沢山あったもの。今までも辛く当たられていたんじゃなくて？」

「それは……その、コリンナ様は婚約者の方の親族なの。それにわたしも、何も知らない不出来な生徒だったから」

「婚約者の？」

確かに物言いがきついこともあったけれど、コリンナ様の言う通りわたしには至らない点が多すぎたように思う。特に社交性に関しては、彼女の言う通りだった。

勉強の内容に関しては、もしかするとオフィーリアの言う通りなのかもしれないけれど。

「まあ、アリスがそう言うなら良いの。勝手にあんな風に言ってしまってごめんなさい」

「ううん。心配をしてくれてありがとう」

「彼女も後ろめたいことがあれば辞めるでしょうし、そうなったら私がアリスの家庭教師をしましょうか？　これからは私もこの国の社交界に顔を出していくつもりだし、二人で一緒に色々なことを学んでいけたら素敵だと思うの」

「本当に、いいの……？」

「ええ。私がそうしたいのよ」

それは願ってもない申し出だった。彼女と共に勉強をし、一緒に社交の場に出られたらどんなに素敵だろうか。

とは言え、わたしひとりで決められることではない。色々と周りに相談してから返事をさせてほしいと言えば、彼女は「もちろん」と微笑んでくれた。

◇◇◇

「実はコリンナから仕事が忙しくなったから、家庭教師を続けるのが難しくなったと言われてしまったの」

「そう、ですか……」

それから一週間後わたしは公爵邸にて、無事に仕事も落ち着いたアーサー様とベアトリス様とお茶をしていた。アーサー様も珍しく「本当に大変だった、疲れたよ」と言っていて、余程忙しかったことが窺える。

そして、コリンナ様がわたしの家庭教師を降りることを知らされた。やはり後ろめたいことがあったのだろうか。二人は何も知らないようで、それを聞くのは憚《はばか》られた。

そこでオフィーリアが家庭教師をしてくれる、という話をしたところ、二人はかなり驚いた様子だった。

「……オフィーリア・ローラットが？」

「はい。仲良くしていた友人が、公女様だったんです」

「そうだったのね。天才だと言われている彼女なら安心だし、アリスも歳の近いご令嬢との交流ができて素敵だわ」

ベアトリス様はそう言ってくださったけれど、何故かアーサー様は納得していないような表情を浮かべている。

「俺がアリスに教えるのは、駄目かな？」

「えっ？」

そして突然そう言い出した彼に、ベアトリス様は呆れたように笑った。

「アーサーは少し、アリス離れをしなさい。それに相手は女性なんだから、心配することなんて何もないでしょう」

「………」

「アリス、気にしないでいいわ。アーサーはやきもちを焼いているだけだから」

先日もアーサー様は、オフィーリアに対して羨ましいという言葉を口にしていたのだ。やきもちを焼いてくれるのは、やはり嬉しいと思ってしまう。

「アーサー様のお仕事も落ち着いたようですし、これからは沢山お会いしたいです」

「もちろん。約束だよ」

「はい」

そう言って笑顔を浮かべれば、彼も嬉しそうに微笑んでくれて、ほっとする。先日話していた遠乗りや、流行りのオペラを見に行こうと約束し、胸が弾んだ。

……けれどそれから、わたしが彼と会う時間は今まで以上に減っていくことになる。

◇◇◇

「近いうちに我が家でガーデンパーティーを開くから、ぜひアリスには参加してほしいの。紹介したい方もいるし」

「もちろん。お誘いありがとう」

あれから、二週間が経った。わたしはオフィーリアと、一日中一緒に過ごす日々を送っている。

二人で勉強をし、社交の場に出て、時々お茶をして。彼女のお蔭で、充実した毎日を送ることができていた。

『アリスの婚約者が、アーサー・グリンデルバルド……？』

『うん、そうなの』

先日、アーサー様のことを話した時の彼女の驚きようはかなりのものだった。やはり他国にいても、彼のことは知っていたらしい。

わたしのような平凡な貧乏貴族令嬢の婚約者が筆頭公爵家の方だなんて、誰だって驚くに決まっている。

彼女はしばらく何か考え込むような様子を見せていたけれど、やがてふわりと微笑んだ。

『それなら、アリスは将来公爵夫人になるのかしら』

『ええ。そのために、勉強や社交の場でも色々と頑張っているつもりだったんだけど……』

『そこにつけ込まれて、あの女に苛められてしまったのね』

オフィーリアはそう言い切ると、婚約者は一体何をしていたのかしらと深い溜め息を吐いた。

『アーサー様は悪くないの。そもそも、わたしが至らなかったのは事実だから』

『そんなことはないわ』

詳しく話を聞いたところ、やはりコリンナ様はわたしに嫌がらせをしていたのかもしれないと思い始めていた。

オフィーリアはアーサー様に対して不信感を抱いているようだったけれど、彼はかなり忙しい時期だった上に、普段は温厚で今まで何一つ問題を起こしていなかったらしい身内を疑え、という方が無理がある。彼には、クロエ様のことだって隠したままなのだ。

それに、あのベアトリス様ですらコリンナ様のことを褒めていたのだから。

『私はアリスには幸せになってもらいたいの。だから、これからも何かあったらすぐに言ってね』

『本当にありがとう、オフィーリア』

『いいえ。この国に戻ってきて友人が一人もいない中で、私はアリスの存在にとても救われているから』

わたしのために、彼女が必要以上に社交の場に出てくれていることにも気が付いていた。勉強だって、いつもわたしが見てもらってているばかりで。

「そうだわ、アリスさえ良ければ来週、付き合ってもらいたい場所があるんだけど……」

そんな私が、彼女に返せるものなんてほとんどない。

だからこそ、少しでもオフィーリアの力になりたいと思ったわたしは、躊躇いもなく首を縦に振ったのだった。

◇◇◇

それから更に一週間後、アーサー様と会える日がやって来た。今日は久しぶりに、彼が我が家へと来てくれることになっている。

「久しぶり、アリス」

「お久しぶりです。ようこそいらっしゃいました」

いつものようにアーサー様を玄関で出迎え、手を繋いで自室へと案内する。久しぶりに彼に会えたことがとても嬉しくて、わたしの頬は緩みっぱなしだった。

「アリス、にこにこしてる」

「アーサー様にお会いできたのが嬉しくて」

「かわいい」

そんなわたしを見て、アーサー様は普段と変わらない柔らかな笑みを浮かべている。わたしも彼のように、落ち着きのある人になりたいと思っていた時だった。

わたしの部屋についた途端、きつく抱きしめられて。ドアが閉じる音が聞こえたと同時に、唇を塞がれていた。

「会いたかった」

「わ、わたしも、……っ」

返事をしようとしても再び唇が重なり、言葉が途切れてしまう。普段とは違い、噛み付くようなキスにどんどん余裕がなくなっていく。

呼吸もうまくできずアーサー様の服をぎゅっと握れば、彼はそっと唇を離し、わたしの頬を撫でた。

「ごめんね。余裕がなくなってる」

そのまま抱き上げられてソファへと運ばれた後、再び抱き寄せられた。そっと背中に腕を回せば、彼はわたしを抱きしめる腕に力を込める。

「自分勝手だというのも、分かってるんだ。今までは俺の方が忙しかった癖に」

「アーサー様……？」

「アリスが俺のために、将来のために頑張ってくれていることも分かってるのに、寂しくて仕方ないんだ」

「好きだよ」と「会いたかった」を繰り返す彼に、わたしは嬉しさと申し訳なさでいっぱいになっていた。

これからは沢山会いたいと言ったのはわたしの方なのに、うまく時間を作れなかったのだ。アーサー様に寂しい思いをさせ、不安にさせてしまったことにひどく胸が痛んだ。

「ごめんなさい、アーサー様」

「アリスは悪くないよ。俺がおかしいんだ」

「そんなこと……」

「ずっと俺の側にだけいてほしいなんて、無理に決まっているのに。いつからこんなに我儘になってしまったんだろう」

自嘲するような笑みを浮かべると、彼はわたしの額に自身の額をこつんと当てた。鼻先が触れそうな距離で、透き通るような美しい碧眼と視線が絡む。

そんな我儘が何よりも嬉しいと思えるくらい、わたしだってアーサー様のことが大好きだった。

――アーサー様のために頑張りたい。オフィーリアという素敵な友人ができ、充実した日々を送れることが嬉しい。けれどもっと、アーサー様と一緒にいたい。

それら全てが上手くいく訳なんてないことも、分かっていたというのに。それでもこれからは、オフィーリアにも相談して、もっと彼との時間を作ろうと心の中で誓った。

「来週は一緒に、どこかへ行きませんか？」

少しでもアーサー様の不安や寂しさを埋めたくて、わたしはそっと彼の顔を両手で包むと、自ら唇を寄せたのだった。

翌日、ローラット公爵家にてオフィーリアと勉強していると、慌てた様子でメイドが部屋へとやって来た。

「公爵様がお伝えし忘れていたようで……」

「あら、そうだったの」

どうやら今夜、彼女が参加すべきパーティーについて伝え忘れがあったらしい。忙しいようだし今日はもう帰ろうかと告げれば、オフィーリアはわたしの手を取った。

「良かったら、アリスも一緒に行かない？」

「えっ？」

「国一番の楽団の演奏も聞けるらしいの。人気の歌手も来るようだし、堅苦しくない集まりだから楽しめると思うわ」

「本当にいいの……？」

「ええ、もちろんよ」

今夜は特に予定もない。音楽が好きなわたしはせっかくの機会だと思い、お言葉に甘えることにした。アーサー様も、今日は予定があると聞いている。

そのまま彼女と夜まで過ごした後、彼女のお店の素敵なドレスを借りて支度をして。最後に二人でお揃いのアクセサリーを着けて、馬車に乗り込んだ。

「何もかもお世話になってしまってごめんね」

「むしろ私がお願いをしている側なんだから、気にしないで」

やがて着いた会場は広く豪華で、沢山の人で溢れていた。既に楽団の人々が演奏の準備をしていて、胸が弾む。最近は忙しくて、音楽に触れる機会もほとんどなかったのだ。

オフィーリアに手を引かれ、知人に挨拶をしながら会場内を歩いていた時だった。

「……アリス？」

そこには、見間違えるはずもない彼の姿があった。

傷つかないための予防線

「アーサー様……」

わたしの姿を見て、彼は驚いたように美しい碧眼を見開いている。

アーサー様の本日の予定というのがこの集まりだとはもちろん知らず、わたしもまた驚きを隠せずにいた。

「どうして君がここに？」

「オフィーリアに誘ってもらったんです」

するとわたしと手を繋いだままだったオフィーリアは一歩前に出て、ふわりと微笑んだ。

「初めまして、オフィーリア・ローラットです。アリスとは親しくさせていただいています」

「……彼女の婚約者のアーサー・グリンデルバルドだ」

美男美女の公爵令息と公爵令嬢が並ぶ姿は、思わず見惚れてしまうくらいに絵になっていて。そんな二人に、周りも注目しているようだった。

いつかはアーサー様にオフィーリアを紹介したいと思っていたけれど、まさかこんなにも突然その機会がやってくるとは思わなかった。

「毎日、二人きりで楽しく過ごしているんです」

「そうですか。まだ知り合ったばかりですから、話すことも沢山あるでしょうね」

けれど、なんだか間に入って紹介し合うような雰囲気ではないような気がする。わたしは笑顔の二人を見つめることしかできずにいた。

「私、アリスの健気な姿に惹かれたんです。嫌がらせをされながらも、一生懸命頑張っている姿に胸を打たれて」

「……嫌がらせ？」

「オフィーリア、それは」

彼女のそんな言葉に、アーサー様の表情が一瞬にして暗いものへと変わる。

ティナヴィア王国での一件以来、困った時にはすぐに彼に話そうと決めていた。けれど結局、わたしが嫌がらせだったのではないかと気が付いた時にはもう、コリンナ様は家庭教師を辞めることになっていたのだ。

何より、辛いこともあったけれど自身の至らなさを知り、図書館に通いオフィーリアと出会えたのだから、悪いことばかりではなかったように思う。

だからこそ、彼には今回の件ついて何も話していなかった。それに、明確な証拠というのもないからだ。まさかこんな形で、知らせることになるとは思わなかった。

「何があったのか、教えてもらってもいいかな」

「……ええと、その」

「貴方の身内の家庭教師が、ずっと彼女に嫌がらせをしていたんですよ。必要のないことばかり教えては、社交の場に連れて行って恥をかかせて」

オフィーリアの言葉に、アーサー様は信じられないといった表情を浮かべ、わたしを見た。信頼している身内のこんな話を聞けば、戸惑うのは当たり前だろう。

そして何より、優しい彼のことだ。わたしに対してかなりの責任を感じてしまうに違いない。

「すみません。隠しているつもりではなかったんです。ずっとわたしが至らないせいだと思っていて、気付かなくて……」

「……っ」

「それにオフィーリアが色々と言ってくれたお蔭で解決したので、もう大丈夫です」

少しでもアーサー様が気に病まないよう笑顔を浮かべてそう伝えたけれど、彼の表情はやはり暗いままだ。

「……何も、大丈夫じゃない。俺のせいですまなかった」

「アーサー様のせいじゃありません！」

「身内だからといって、疑わなかった俺が悪い。二度とこんなことがないようにするから」

「そんな、やめてください」

血の繋がった人間すら疑って生きていくなんて、あまりにも寂しくて悲しい。それにアーサー様は何も悪くないのだ。

「何があったのか、詳しく聞かせてくれないかな」

とにかく、全てを話すしかない。一体何処から話そうかと悩んでいた時だった。

「グリンデルバルド様、侯爵様がお呼びです」

「……分かった」

どうやら知人に呼ばれてしまったらしく、明後日お互いに時間を作って会おうと決め、彼はひどく暗い表情のままこの場を離れた。

「ごめんなさい、余計なことを言ってしまったかしら」

「ううん。心配してくれたんだもの、ありがとう」

それからは彼女と共に素晴らしい演奏や歌を聞いていたけれど、アーサー様の暗い表情がいつまでも頭から離れず、気分は晴れないままだった。

◇◇◇

そして二日後。グリンデルバルド家を訪れたわたしは、アーサー様と隣り合って座り、コリンナ様との今までのこと、オフィーリアに聞いたことを全て話した。

やがてアーサー様は片手で目元を覆い「すまなかった」と掠れた声で呟いた。

「叔母のことは、しっかり対処しておくよ」

「いえ、もう終わったことですし」

「またアリスに何かされては困るから」

ソファに無造作に置いていた右手を、縋るように握られる。

「……時々、本気で世界に二人きりになりたいと思うんだ」

アーサー様はそう言って、わたしの肩に顔を埋めた。左手でそっと柔らかな金髪を撫でれば、握られている手に力がこもる。

「どうして、邪魔ばかり入るんだろう。俺はただアリスが好きで、幸せにしたいだけなのに」

「アーサー様……」

そんなひどく切実な声に、願いに、胸が締め付けられる。それからは重く長い沈黙が続き、やがて先に口を開いたのは彼の方だった。

「……彼女も本当に、信用できる？」

「彼女、ですか？」

「オフィーリア・ローラットだよ」

「もちろん、信用できます」

「出会ったばかりで、そんなことは分からないんじゃないかな」

そう言われては、今後、交友関係を広げていくことなんて出来なくなってしまう。それに、短期間といえど彼女と一緒に過ごした上で、わたしはそう思っていた。

「必要以上に、もう他人とあまり関わらないでほしい」

「そんな……」

「そもそも彼女は、アリスと合わないと思う。とにかく、俺が全て何とかするから」

その言葉を聞いた瞬間、思わずアーサー様の肩を押していた。ひどく驚いたようにわたしを見つめる彼と、視線が絡む。

「――そんなことを言うアーサー様は、いやです」

コリンナ様のことで、彼が人間不信になってしまうのは当然だろう。それでも、言って良いことと悪いことはある。

元々わたしは、付き合いが得意ではないものの、最近は必死に社交の場に出て頑張っていたのだ。それら全ても、否定されたような気持ちになってしまう。

何より、アーサー様はオフィーリアのことを何も知らないのに、そんな風に言うのは悲しかった。わたしも彼女のことが大好きで、大切な友人だと思っているのに。

「今日はもう、帰りますね。ごめんなさい」

初めて彼とこんな険悪な空気になってしまい、落ち着かなくて。それだけ言うとわたしは近くにあった鞄を手に取り立ち上がると、彼の顔を見ず、返事も聞かずに部屋を後にした。

――彼がどんな顔をしていたかなんて、知らないまま。

愚かなほどの愛だった

「本当に酷い顔をしているな、まるでこの世の終わりのようだ」

「……終わってしまえばいいと思っていますよ」

そう呟けば、殿下は可笑しそうに声をたてて笑った。

今日はとある夜会に参加したところ、ディラン殿下に偶然会い、今は王城の一室にて二人で酒を酌み交わしている。

濃い酒をぐっと呷《あお》る俺を見て、彼は「アーサーが酒を飲むのは珍しいな」と驚いたような表情を浮かべ、じっとこちらを見ている。

「お前、酒は弱いのかと思っていたぞ」

「かなり強い方ですよ」

ウェルベザ王国では、十八歳から飲酒が許可されている。けれど俺は余程のことがない限り、人前で酒を口にしないようにしていた。

社交の場で、酒が出ることは少なくない。常にアリスの側に居られる訳でもない。だからこそ、彼女が俺の見えない場所で酒を飲み、酔ってしまうのがひどく心配だった。酒に酔った令嬢を狙う輩がいることもまた、事実なのだ。

俺が常日頃から酒を一切飲んでいなければ、アリスも絶対に口にしないだろう。

「へえ、そんな理由だったとはな。けれどそれくらいは良いんじゃないか？　ただでさえ彼女は危なっかしいんだし」

「そうだと良いんですが」

「で？　アリス嬢と何があったんだ」

俺がこんな風になっている原因は彼女とのこと以外あり得ないと、殿下も分かっているようで。

「……アリスに、嫌だと言われてしまって」

「あのアリス嬢がそんなことを言うなんて、お前も相当なことをしたんだろうな」

事の顛末を話せば、溜め息を吐いた殿下は「それはお前が悪い」とはっきり言ってのけた。

「お前の叔母に嫌がらせをされながらも、お前の為に努力を続けて？　その最中で仲良くなり、彼女を助けた女性との付き合いに文句を言うなんて、驚く程にお前しか悪くないな」

「……分かっています」

彼女が部屋を出て行ってしまった後、自身の愚かさを悔やんだ。

――間違いなく俺が悪い。俺しか悪くない。本当に間違えた、こんなつもりじゃなかった。余裕がなかった。嫉妬した。彼女が変わっていくのが、俺から離れていくのが怖かった。

「本当にどうかしていますよ、俺は」

叔母に関しては、母と共に問い詰めて全て吐かせた。やはり嫌がらせをしていたのは事実のようで、クロエの母に頼まれてのことだったらしい。婚約の予定を白紙に戻したせいだろう。

幼い頃から叔母のことは知っていたし、俺を可愛がり良くしてくれていた、誰よりも優しい女性だったというのに。

信じられない、信じたくない事実に俺は頭を抱えた。何よりも大切な彼女に、なんてことをしてしまったのだろう。優しいアリスが、俺や母にこの話を伝えられるはずがなかった。

『……アリスに、なんて謝ったら良いのか分からないわ』

母も信用していた叔母に裏切られたことで、かなりショックを受けているようで。また、アリスに対しても、これ以上ないくらいの罪悪感を抱いているようだった。

叔母に関しては、父が責任を持って処罰してくれることになっている。彼女を傷つけたのだ、許せるはずがない。

「仲直りは出来ていないのか？」

「手紙の返事もなくて」

とにかくもう一度会って謝ろうと、謝罪の言葉と共に会いたいという気持ちを綴った手紙を送ったけれど、一週間経った今も返事はなかった。流石の優しい彼女も、怒っているに違いない。二度手紙を送る勇気も権利も、今の俺にはないだろう。ただひたすらに、自身の行いを悔いる日々を送っていた。

「まあ、こういうのもたまには良いんじゃないか？　お前達、喧嘩をしたこともなかっただろうし。そっちの方が異常だと思うがな」

「そういうもの、でしょうか」

「ああ。これをきっかけに仲が深まるかもしれんぞ」

殿下はそう言ったけれど、とても仲が深まるとは思えなかった。

「それにしても、本当に死にそうな顔をしているな。いい男が台無しだぞ」

「……怖くて、眠れないんです」

「酒を流し込んででも寝た方がいい」

アリスの傷ついたような表情が、頭から離れない。

俺に失望しただろうか。俺への気持ちも冷めてしまっただろうか。そんなことばかりを考えては、食事があまり喉を通らなくなり、寝付けなくなっていった。

自身にとっての彼女の存在の大きさを、改めて痛いくらいに思い知らされる。

「それに今回はアーサーが悪いが、お前はいつも頑張っていたじゃないか。今までがしっかりしすぎていたんだ」

「…………」

「アリス嬢は絶対に、お前を嫌いになったりはしないさ」

そんな言葉に、泣きたくなるくらい救われた気分になる。

グラスに残っていたストレートのウイスキーを一気に飲み干せば、焼けるような熱さと共にぐらりと視界が揺れた。少しずつ、瞼が重たくなっていくのを感じる。

久しぶりにすんなり眠れそうだと思っていると、そのままソファに横になるよう促された。

殿下の上着を、ばさりと上から掛けられる。

「ゆっくり休めよ」

再びお礼を呟くと、俺はそっと目を閉じた。夢の中でも良いからアリスと会えればいいな、なんて思いながら。

会えない時間にも

「アリス、久しぶりね。色々と大変だったでしょう？　お疲れ様」

「ありがとう。この間は急に断ってしまって、ごめんなさい」

「大丈夫よ、仕方ないもの」

半月ぶりに王都へと戻ってきたわたしは今、沢山の差し入れを手に我が家を訪ねてくれたオフィーリアと、自室でお茶をしている。彼女と会うのも、久しぶりだった。

……実は二週間前、領地にいた両親が馬車での事故に遭い、怪我をしたという知らせが飛び込んできて。わたしはすぐに領地へと向かい、今日まで二人のサポートをしていたのだ。

幸い軽い骨折程度で済み命に別状はなかったけれど、会いにいくまでの間は本当に寿命が縮まる思いがした。

過去にわたしがクロエ様の件で襲われた際、すぐに駆けつけてくれたアーサー様もこんな気持ちだったのだろうか。

元々貧乏すぎる我が家には使用人が少ないこともあり、向こうではかなり忙しい日々を過ごしていた。大分落ち着いたことで、王都へ戻ってきたのが昨日の夜だった。

「私に出来ることがあれば、なんでも言ってね」

「ありがとう、オフィーリア。今日の差し入れも、先日のお見舞いの品も嬉しかったわ。両親もとても喜んでいたもの」

「本当に？　良かった」

両親が事故に遭ったという知らせを受けたのは、オフィーリアと共に夜会に参加する直前で。行けなくなったことを含めて事情を説明したため、彼女は申し訳なくなるほどのお見舞いの品を送ってくれていたのだ。

「婚約者の方にはもう会ったの？」

「……それが、まだで」

アーサー様とは、あれ以来一度も連絡をとっていない。あの後すぐ領地へ向かったとは言え、もちろん手紙を書く時間くらいはあった。何度もペンを手に取った、けれど。

彼を拒絶するようなことを言ってしまった後なのだ、一体何から書けばいいのか分からず、結局忙しさのせいにしてそのまま二週間が経ってしまっていた。

そして王都へ戻ってきて、彼からの連絡が一度もなかったことを知り、ひどく落胆した。嫌だなんて言ってしまったせいで、怒らせてしまったのだろうか。

「その、少し気まずくなってしまっていて」

「もしかして私のせいかしら」

「ううん、違うの」

決して、オフィーリアのせいではない。それに彼女はわたしのためを思って、アーサー様に話をしてくれたのだ。

コリンナ様のこともあり、アーサー様が知り合ったばかりの人を警戒する気持ちも、彼女とばかり過ごしていたせいで嫉妬してくれていたであろうことも、今なら分かる。

だからこそ、あんなことを言って彼を置いて出てきてしまったことを、わたしは後悔していた。

「こういうのは初めてで、どうしたらいいか分からなくて」

「アリスが悪いのなら謝ればいいけれど、相手が悪い時は連絡を待つべきだと思うわ。余計に気を遣わせるでしょうし」

「そう、なのかな……」

最近はアーサー様のことを考えると、まるで心臓が鉛になってしまったかのように、ずしりと重たくなる。今、自分がどうすべきなのか分からない。十八年間生きてきて、誰かとこんな風になるのは初めてだった。

けれどそれはきっと、ずっと自分の気持ちを押し殺して生きてきたからだ。「嫌です」とはっきり言えるようになったのは、成長した証だとは思う。それでも、今回ばかりは喜べそうになかった。

やがてオフィーリアを見送った後、自室へ戻るなりベッドにぼふりと倒れ込んだわたしは、枕元にあったミーティアに手を伸ばし、ぎゅっと抱き寄せる。

最近は常に彼のことばかりを考え、そして常に胸の奥がじくじくと痛むのを感じていた。

「……ねえ、ミーティア。アーサー様は今、何をしてるかな」

彼も、わたしに会いたいと思ってくれているだろうか。

「明日には、お手紙が来るといいな」

けれどそう思っても、翌日も、そのまた翌日も。彼から連絡が来ることはなかった。

◇◇◇

「あれ、アーサーも来てたんだ」

「ライリーか」

家ぐるみの付き合いがある侯爵令息の婚約披露パーティーに参加したところ、偶然ライリーに出会《でくわ》した。どうやら相手の女性は俺達と同じ学園出身らしく、見知った顔も多い。

「ていうかその顔、どうしたの？　寝不足？」

「……そんなところだ」

アリスと最後に会ってから、二週間以上が経っていた。未だに、彼女から手紙の返事はない。ひたすらに何もかもが悪い方向にしか考えられず、不眠に悩まされる日々を送っている。

会いに行こうと、何度も思った。けれど連絡すら返したくない相手がいきなり来たところで、迷惑でしかないだろう。

会いたくて、声を聞きたくて、触れたくて仕方ない。本当に彼女は俺の全てなのだと思い知らされては、後悔をし続けていた。

「むしろそんな死にそうな顔でも、かっこいいのがすごいと思うよ。さすがアーサーだね」

「全く嬉しくないな」

余程、今の俺は酷い顔をしているらしい。こんな顔、アリスにはとても見せられないなと自嘲する。

彼女の前では、常に完璧な人間でいるつもりだったのに。あの日のことは、悔やんでも悔やみきれない。

「どうせアリスちゃんと喧嘩でもしたんでしょ？　この間アリスちゃんに会った時、雰囲気変わったなあと思ったもん。絶対アーサーが拗ねるなって思ってた」

「……………」

「あ、図星？　でも言い合いをする二人とか、全然想像つかないや。見てみたいかも」

ライリーはそんなことを言うと、可笑しそうに笑った。

「まあ事情は知らないけど、あのアリスちゃんがアーサーのことを嫌いになんてなるわけないじゃん。元気出しなよ」

一緒に謝りに行ってあげようか、なんて言うとライリーは思い切り俺の背中を叩いた。そんな一言にも救われた気分になってしまう俺は、どれほど追い詰められているのだろうか。

とにかく適当に挨拶を済ませ、早めに帰ろうと決めた時だった。

「……ねえ。あれ、アリスちゃんじゃない？」

俺の後ろへと視線を向けたライリーは、そう呟いた。

◇◇◇

「アリスが喧嘩だなんて、珍しいこともあるのね」

「……やっぱり、喧嘩なのかな」

王都に戻ってきて三日が経った今日。わたしはリリーと街中へとやって来ており、カフェでお茶をしている。

心配をかけまいと明るく振る舞っていたつもりが、何かあったのかとすぐに問い質されてしまい、先日の出来事を話せば、リリーはひどく驚いた様子を見せた。

「アーサー様がそんなことを言うのも、それに対してアリスが言い返したというのも意外すぎて驚いてしまったわ。けれどアーサー様、可愛いじゃない」

「可愛い？」

「ええ。アーサー様のような完璧な王子様にも、人間らしいところがあるんだなって」

リリーはにっこりと微笑み、ミルクティーの入ったティーカップに口をつけた。

「アリスはまだ怒ってるの？」

「ううん、そもそも怒ってなんていないもの。少し悲しかっただけで」

「それなのに、仲直りはまだなのね」

「アーサー様からは何の連絡もないし、なんて連絡したら良いのか分からなくて……」

わたしはきっと、彼に甘えきっていた。数日経てば、いつものように彼から連絡がくると思っていたのだ。

「アーサー様も反省しているでしょうし、来週くらいにアリスから手紙を送ってみたら？　今までアリスはアーサー様に、何度も助けてもらっているんだもの。こちらから歩み寄ってあげてもいいと思うわ」

「……うん。ありがとう、リリー」

今まで、アーサー様には何度救われたか分からない。彼のお蔭で今のわたしがいるのだ。感謝してもしきれなかった。

オフィーリアには待つべきだと言われたけれど、あと数日待ってみて連絡がなければ、こちらから手紙を送ってみようと決める。

「それにしても最近アリスが構ってくれないと思ったら、公女様と親しくなっていたなんて。素敵な方なんでしょう？」

「ええ。今度紹介するね」

「ありがとう。楽しみにしているわ」

突如、ウェルベザへ戻ってきたオフィーリアは、社交界でもかなり注目されているのだという。彼女と社交の場に出ると、あっという間に沢山の人に囲まれてしまうくらいだ。

彼女の立場や美貌、そして人柄を考えれば当たり前のことなのだけれど。

「あら、そろそろ帰って支度しないといけない時間ね」

「ええ。お祝いのメッセージカードも書かないと」

今夜はリリーと共に、学園時代の友人の婚約披露パーティーに招かれているのだ。そもそも、こうして街中にやってきたのも彼女へのプレゼントを選ぶためだった。

「それじゃあ、また夜にね」

「うん、また」

会計を済ませてカフェを出るとリリーと別れ、わたしは馬車に乗り込み、帰路についた。

◇◇◇

「お嬢様、今日の髪型はどうなさいます?」

「緩くひとつに纏めてほしいわ」

「かしこまりました」

この髪型は、アーサー様がいつも似合うと褒めてくれていたものだ。気が付けばドレスもつい、彼に贈ってもらったお気に入りのものを選んでいた。

どこで何をしていてもアーサー様のことを考え、会いたいと思ってしまう。やはり今日、パーティーから帰ってきたらすぐに手紙を書こうと決め、支度を終えて玄関へと向かう。

すると家を出る直前、メイドの一人に引き止められた。

「アリス様、大変申し訳ありません!」

「何かあったの？」

「実は新人のメイドが、手違いで先週分の保管用の手紙を処分してしまっていたようで……」

「えっ」

もしかするとその中に、アーサー様からの手紙があった可能性もある。むしろ、あったような気がしてならない。

「……どうしよう」

その後、馬車に乗り込んだわたしは一人頭を抱えていた。もしもアーサー様から手紙が来ていたとしたら、ずっと無視をしてしまっていたことになる。

今すぐにでも彼に連絡したい気持ちを押さえつけ、やがて馬車を降りた。とにかく、帰宅後に手紙を急いで送るしかない。

「アリス、ひどい顔色だけれど何かあったの？」

待ち合わせ場所で顔を合わせるなり、リリーは心配そうにわたしの顔を覗き込んだ。

並んで廊下を歩きながら先程の出来事について話せば、彼女は「そんな気がしていたわ」と言って溜め息を吐いた。

「あのアーサー様がこんな状況で、アリスに連絡ひとつ寄越さないなんておかしいもの」

今の彼の気持ちを想像しては、泣きたくなってしまう。けれど今からはお祝いの場に参加するのだ、わたしはなんとか笑顔を浮かべると、リリーと共に会場の中へと足を踏み入れた。

会場の中は大勢の人で溢れており、学生時代の懐かしい顔もたくさんある。

わたしは卒業後すぐにティナヴィア王国へ留学していたため、同級生達のお茶会などにも参加できていなかったのだ。

主役である友人に婚約おめでとうとお祝いの言葉を伝えた後、わたし達は同級生達の輪に混ざり、お喋りをしていたのだけれど。

「そういえば先程、アーサー様にもお会いしたんですよ。今日は別々にいらしたんですね」

「……えっ？」

予想もしていなかったそんな言葉に、口からは間の抜けた声が漏れた。どうやら男性側の招待を受けて、アーサー様もこのパーティーに出席しているらしい。

——アーサー様が、いる。そう思うと居ても立ってもいられなくなったわたしは、すぐにリリーに声を掛けた。

「リリー、わたし」

「ええ、分かっているわ。アーサー様のところに行くんでしょう？」

笑顔で「ちゃんと仲直りするのよ」と送り出してくれた彼女にお礼を言い、わたしはアーサー様の姿を探し始めた。会場はかなり広く人も多いせいで、探すのは一苦労だと思っていたのに。

呆気ないくらいすぐに、彼は見つかった。その圧倒的な存在感に、一瞬、声を掛けるのを躊躇ってしまったくらいで。

「……っ」

その美しい横顔を見ただけで、泣きたくなってしまう。たった二週間ほど、離れていただけなのに。寂しくて、愛しくて。

気が付けばわたしは、彼の背中に抱きついていた。

◇◇◇

「──アリス？」

大好きなアーサー様の温もりに、泣きたくなってしまう。するとすぐに、彼の戸惑うような声が降ってきた。振り返って確認せずとも、わたしだと分かったらしい。もちろん、こんな風に彼に触れる人間など、わたし以外いないだろうけれど。

もう一度名前を呼ばれ我に返ったわたしは、こんな場所で、こんな状況でいきなり抱きつくなんて迷惑に違いないと慌てて離れる。

「あの、アーサー様」

彼はすぐに振り返ると、わたしの顔を見るなり今にも泣き出しそうな表情を浮かべて。そのままわたしの手を掬い取ると、何も言わずに歩き出した。

その足はまっすぐに、出入り口へと向かっている。

「ごゆっくり、仲良くね」

彼と一緒にいたらしいライリー様に手を振られ、わたしは小さく頭を下げると、そのまま会場を後にしたのだった。

◇◇◇

「……会いたかった」

アーサー様に手を引かれ適当な休憩室に入り、ドアが閉まった瞬間、縋り付くようにきつく抱きしめられていた。

その切実な掠れた声からは、彼の気持ちが苦しいくらいに伝わってくる。彼もわたしと同じくらい会いたいと思ってくれていたのかもしれないと思うと、心の底から安堵してしまう。

「嫌な思いをさせて本当にごめん。嫉妬と不安で、おかしくなっていたんだと思う。もう絶対に間違えないし、二度とアリスが嫌がることはしないと誓うから、許してほしい」

「わたしこそ嫌だなんて言ってしまって、ごめんなさい」

「アリスは何も悪くない。俺が悪いんだ」

やはり彼はひどく自分を責めているようで、最後に見た時よりもずっと窶《やつ》れていることにも、今になって気が付く。

許してくれるだろうか、という彼の言葉に頷けば、アーサー様はようやく微笑んでくれた。

「あの、アーサー様。もしかしてあまり眠れていないんですか……？」

「……あれから一度も連絡が返ってこないから、愛想を尽かされたのかと不安になって」

やはりわたしの元へ届いていなかっただけで、アーサー様は連絡をくれていたようだった。

そのせいで彼を余計に悩ませ不安にさせてしまったと、胸が痛んだ。

とにかく座って話をしようと、わたし達はいつものようにソファに並んで腰掛けた。

たった数週間ぶりのはずなのに、すぐ隣にアーサー様がいると思うと落ち着かない気持ちになってしまう。

そうして両親のことや手紙が間違って処分されてしまったことを話せば、アーサー様は安堵したように深い溜め息を吐いた後、片手で目元を覆った。

「……良かった、本気でアリスに嫌われたのかと思ったよ」

「わたしがアーサー様を嫌うなんてこと、絶対にあり得ません。不安にさせてしまって、本当にごめんなさい」

大好きだと伝えれば、アーサー様は再び抱きしめてくれて。肩に顔を埋める彼はまるで小さな子供のようで、わたしはそっと柔らかな金髪を撫でた。

「俺はアリスがいないと駄目だと、生きていけないと改めて思い知ったよ」

「アーサー様……」

「自分でもおかしいとは思ってる。それでも、もうこんな事はしないから。これからもずっと、俺と一緒にいてほしい」

——アーサー様がわたしへと向ける好意が、想像している以上に大きいことは分かっていた。けれどわたしはそれが嬉しいと思えるくらい、彼のことが大好きなのだ。

誰だって間違うことや失敗することはあるだろう。むしろわたしなんて失敗してばかりで、アーサー様に迷惑をかけては助けられ続けている。

「もちろんです。それに、アーサー様が思ったことを素直に話してくださるのは、とても嬉しいですから」

彼はいつだってわたしが最優先で、気を遣いすぎるあまり自分の気持ちを押し殺しているのではないかと、不安に思うこともあった。

「わたしは、アーサー様とお互いに言いたいことを言い合える関係になりたいです。そして、どちらかが間違ってしまった時には、話し合って解決していきたい」

だからこそ先日、一方的に嫌だと告げて出て行ってしまったことを謝れば、アーサー様は静かに顔を上げた。

　ガラス玉のような美しいアイスブルーの瞳を柔らかく細めると、彼はやっぱり泣き出しそうな顔で微笑んだ。

「ありがとう。俺も、そうしたいな」

「アーサー様の妻として、公爵夫人として相応しい人になれるよう、これからも頑張ります」

　わたしはまだまだ、足りないところだらけだ。それでもこれからも彼の一番近くで、精一杯頑張っていきたいと思う。

　そんな気持ちを込めて、アーサー様の背中にそっと腕を回す。すると、抱きしめられる腕の力が強くなった気がした。

「……周りでも、アリスを褒める人間が増えたよ」

「本当ですか？」

「うん。妬けるくらいには」

　そう言って笑うアーサー様につられて、笑顔になる。

「この二週間、たくさんアーサー様のことを考えていました」

「俺は一日中アリスのことを考えていたよ」

「ふふ、同じですね」

「きっと、かなり違うと思うな」

いきなり二人で抜けて来てしまったのだ。そろそろ会場へ戻ろうという話になりソファから立ち上がろうとしたところ、ぐいと腕を引かれて。

振り返った瞬間、唇が塞がれていた。そのまま何度も角度を変えて繰り返されるそれに、翻弄されてしまう。

「……ごめんね、この二週間はアリス不足で死にそうだったんだ。本当はもっとしていたいけど、また後でにするよ」

「は、はい」

やがて解放され、一気に顔が熱くなっていくわたしの頬に軽くキスを落とすと、アーサー様は再び歩き出した。

会場へと戻ると、リリーやライリー様が「仲直りできて良かったわ」「アーサー、さっきと別人じゃん」なんて言い、温かく出迎えてくれる。

ずっと感じていた息苦しさがなくなり、泣きたくなるくらいに安堵してしまう。

帰りは公爵家の馬車で送っていただいたけれど、屋敷につくまでの間ずっと彼に抱きしめられ口付けられ、愛を囁かれて。その日の晩は、なかなか寝付くことができなかった。

近づいて、ぶつかって

「仲直り出来たのね、本当に良かったわ」

「ありがとう、オフィーリア」

アーサー様と仲直りをした翌日、私はオフィーリアと共に、とある侯爵家主催の夜会に参加していた。早速昨日のことを伝えたところ、彼女も喜んでくれている。

ちなみにオフィーリアとこうして様々な場に参加するようになってからというもの、我が家へと届く招待状の数は以前の倍になっていた。

元々グレイ様といた頃は、社交の場に出ても他者と会話を許されていなかったため、少なすぎたこともあるのだけれど。

「でも、なんだか悩み事がありそうな顔ね。何かあった？」

「……もっとお互いに言いたいことを言い合えるようになるには、どうしたらいいと思う？」

もちろんアーサー様のことは大好きだけれど、わたし達はまだお互いに気を遣いすぎているように思えるのだ。

オフィーリアは考え込むような様子を見せていたものの、やがて「とある小国の話なんだけれど」と口を開いた。

「婚前に、お互いの好きな所と嫌いな所を素直に五つ言い合うんですって。好きな所は維持できるように、嫌いな所は精一杯直すよう努めることで、円満な結婚生活を送れるようにするんだとか」

「好きな所と、嫌いな所……」

「アリスの場合は嫌いな所じゃなくても、改善してほしい点とかでもいいかもしれないわね」

アーサー様の嫌いな所というのはもちろんないけれど、こうしてほしい、くらいなら多少はあるかもしれない。むしろアーサー様の方は、わたしに対して改善してほしい点など、五つでは収まらないくらいにあるだろう。

お互いに必ず五つ出そうと決めれば、普段言いづらいことも言いやすくなるかもしれない。

「ありがとう、ぜひやってみるわ」

「ええ、ぜひ」

そうして明日、彼と会う時に提案してみようと決めた時だった。

「やあ、アリス嬢じゃないか」

「殿下！　お久しぶりです」

そう声を掛けてくださったのはディラン殿下で、久しぶりに会った彼もこの夜会に参加していたらしい。

「アーサーが死にかけていたが、もう仲直りはしたのか？」

「昨日、仲直りできました。ご心配をおかけしました」

「そうか。それは良かった」

どうやら彼と気まずくなっている間に、二人は会って話をしたらしい。「本当に愛されすぎているな」と笑う殿下は、わたしの隣にいるオフィーリアへ視線を向けた。

「それで、こちらの美女はどなたかな？」

「お初にお目にかかります、オフィーリア・ローラットと申します」

「ああ、貴女がローラット公爵家の。話はよく聞いているよ」

「まあ。良いお話だと良いのですが」

それからは殿下も交えて三人で話をしていたけれど、二人は初対面とは思えないほどに盛り上がり、とても楽しい時間を過ごすことができた。

やがてオフィーリアが主催者に呼ばれたことで、殿下と二人きりになる。すると殿下は真剣な表情を浮かべて、わたしに向き直った。

「アリス嬢、一生に一度の頼みを聞いてくれないか」

「殿下……？」

まっすぐな視線をわたしへと向け、普段とは雰囲気の違う殿下のそんな言葉に、どきりとしてしまう。一生に一度だなんて、かなりのお願いに違いない。

もしかすると、何か深刻な問題があったのかもしれない。不安になりながらも彼に何度も助けられお世話になっているわたしは、出来る限りのことはしたいと思い、首を縦に振った。

「どうか、オフィーリア嬢との仲を取り持ってくれないだろうか。一目惚れをしたようだ」

「えっ」

◇◇◇

「アリス、本当にごめんなさい」

「大丈夫ですから、お気になさらないでください」

翌日、公爵邸を訪れていたわたしは、こちらが申し訳なくなってしまうくらいにベアトリス様からコリンナ様の件で謝罪を受けていた。

「アリスがアーサーと結婚したくないと言い出してしまったら、どうしようかと思ったわ……」

「そ、そんな、絶対にあり得ません」

「ありがとう。二度とこんなことが無いようにするからね」

「はい、ありがとうございます」

その後は結婚式についての打ち合わせを終え、アーサー様の部屋へと二人で移動した。いつも以上に距離が近く、ずっと抱きしめられた状態のままで落ち着かない。

「あの、アーサー様、そろそろ離していただいても」

「もう少しだけ」

まだまだ、彼のわたし不足は解消しきれていないらしい。

抱きしめられながら、オフィーリアとの仲を取り持ってほしい、と殿下に頼まれたことを話してみる。手伝う以上は、アーサー様の協力も必要になるだろう。

すると彼は「珍しいな」と言い、小さく微笑んだ。

「間違いなく殿下は本気だよ、冗談でそんなことを言う方ではないから」

「そう、ですよね」

「殿下の立場なら多少は強引に話を進めることができるはずだけど、ああ見えてロマンチストだから、こうしてアリスに頼んだんだろうね」

陛下と王妃様がとても仲睦まじいのは有名な話で、殿下もそんな関係に憧れているようだった。

「家柄ももちろん問題はないし、オフィーリア嬢さえ乗り気になれば、すぐに話は纏まるよ」

次に会った時、まずはオフィーリアの気持ちを聞いてみようと決め、わたしは温めていたもうひとつの話題を出してみることにした。

「あの、アーサー様。お願いがあるんです」

「アリスのお願いなら、どんなことでも聞くよ」

当たり前のようにそう言ってくださるアーサー様は、やはりわたしに甘すぎる。

「次お会いする時までに、わたしの好きな所と嫌いな所を五つずつ考えてくれませんか？」

「……アリスの好きな所と、嫌いな所？」

「はい」

すると彼は、珍しくぽかんとした表情を浮かべた。確かにいきなりこんなことを言われても、戸惑うのは当たり前だろう。

最初から経緯を説明し、もっとアーサー様との距離を縮めたいということを必死に伝えたところ、彼は「分かった」と頷いてくれた。

「嫌いな所ではなく改善してほしい点でも大丈夫なので、お願いします。本当に気を遣わず、何でも言ってくださいね」

「…………」

「アーサー様？」

「……ああ、ごめんね。精一杯考えてみるよ」

その日はそれからずっとアーサー様は思い悩むような様子を見せており、やはりわたしの改善点は五つでは収まらないのかもしれないと、不安になっていたのだった。

一歩ずつ

「ディラン様？　楽しい方だったわ」

数日後、図書館にてオフィーリアに勉強を教えてもらった後、近くのカフェで彼女と二人でお茶をしていたわたしは早速、殿下の話題を振ってみた。

とは言え、誰かに仲を取り持ってほしいというお願いをされたのはもちろん初めてで、いまいちどうしたら良いのか分からない。

「オフィーリアはどんな男性が好き？」

「頼りがいのある男性が好きよ」

「なるほど……」

とにかく情報が必要だろうとひたすら質問をしていると、オフィーリアは可笑しそうに笑った。

「アリスったら、急にどうしたの？　もしかして殿下に私との仲を取り持ってほしい、とでも言われた？」

「えっ？　ええと、その」

図星すぎて戸惑うわたしに、「アリスは分かりやすくて可愛いわね」なんて言う彼女は、こういった事に慣れているらしい。

彼女のような完璧な美女を周りが放っておくはずもないのだから、当たり前だろう。

「先日お話しした時の印象も良かったたし、何よりアリスがこうして勧めてくれているんだもの。素敵な方なんでしょうね」

彼女がそんなにもわたしを信用してくれていると知り、嬉しくなる。それからは大好きな殿下の良さを少しでも伝えたくて、彼の話をし続けた。

どうやらわたしの気持ちが伝わったようで、帰り際には「ぜひ、またお会いする機会が欲しいわ」とオフィーリアは言ってくれた。

「流石の私も、いつまでも自由にしていられないもの。お父様を納得させるような相手を自分で探してこないと」

殿下ならば公爵様も反対はしないだろうし、自国の第四王子だということも彼女にとっては都合が良いらしい。

過去には他国の王族との婚姻話もあったものの、角を立てずに断るのが大変だったとオフィーリアは深い溜め息を吐いた。

「それに正直ね、殿下のお顔は好みなの」

「本当に？」

「ええ、かなり。こういう話をするのは久しぶりだから、なんだかドキドキしちゃうわ」

そう言って微笑む彼女はとても可愛くて、つられて笑顔になってしまう。早く殿下に彼女の反応を伝えたいと思った。

◇◇◇

翌日、公爵邸にて結婚式のドレスの最終打ち合わせを終えたわたしは、アーサー様に手を引かれ彼の部屋へと向かっていた。

「アリス、今日もかわいいね」

部屋に入った途端に軽くキスを落とされ、顔が火照っていく。

いつものように彼が淹れてくれたお茶を飲みながら、わたしは早速、先日の話を切り出した。

「先日お願いしたこと、考えていただけましたか？」

「……うん、一応は」

アーサー様らしくない、はっきりとしない返事だった。自分で言い出したことだというのに、なんだか緊張してきてしまう。

「どちらから話しますか？」

「アリスからお願いしようかな」

「分かりました」

話が終わった後の空気感のためにも、まずは先に改善してほしい所から上げていくことにする。

正直アーサー様に対して不満なんてなかったけれど、必死に時間をかけて考えてきた事を伝えようとした時だった。

「ごめん、待って」

「えっ？」

突然アーサー様はそう言うとわたしの額に自身の額をこつんと当てた。ぎゅっと両手を包まれ、鼻先が触れ合いそうな距離に再び心臓が跳ねる。

「……もう少しだけ、心の準備をしても？」

「はい、大丈夫です」

「ごめんね。正直、聞くのが怖いんだ」

まさかそんな理由だとは思わず、あまりにも可愛らしい様子に思わず笑みが溢れた。

「いくら考えても、アーサー様の嫌いな所なんてありませんでしたから。ほんの少し直していただきたいな、という所がいくつかあるだけで」

「本当に？　色々と思い返したら、アリスに嫌われていそうなことがいくらでも出てきて、かなり不安だったんだ」

一体アーサー様は、何のことを言っているのだろう。嫌いになるような過去の出来事など、なにひとつ思い浮かばない。けれど彼は、本気でそう思っているらしかった。

「ごめんね、もう一度キスしてもいい？」

「は、はい」

軽く音をたてて唇を合わせると、アーサー様は「もう大丈夫。どうぞ」と言って微笑んだ。今度はこちらが大丈夫ではなくなりそうだったものの、なんとか心臓を落ち着かせる。

そうしてわたしはアーサー様にこうしてほしい、と思っていたことを話し始めた。

大丈夫じゃない時に「大丈夫」と言うのをやめてほしいこと、わたしがアーサー様を嫌いになることは絶対にないから何でも話してほしいことなどを、言葉を選びながら伝えていく。

彼は「うん、そうだね」「ごめんね、気をつけるよ」と言いながら聞いてくれていた。

「最後になりますが、自分ばかりが好きだと決めつけるのをやめてほしいです。わたしだってアーサー様のことがとても好きなのに、いつまでも伝わっていないようで寂しくなります」

「……こんな可愛いお叱りを受けるとは思わなかったな」

彼はそう呟くと「ごめんね」と、わたしを抱き寄せた。

「アリスに過去のことを話した時、俺の気持ちに追いつくって言ってくれたの、本当に嬉しかったんだ」

「本当ですか？」

「うん。何もかも俺がアリスを好きすぎるのが悪い。本当にごめんね」

「もう、なんですかそれ」

お互いに顔を見合わせて、微笑み合う。

「今アリスが言ってくれたことは、全て直すようにする。嫌われるのが怖くて、言えずにいたこともあるから」

「はい、ありがとうございます」

やはりアーサー様はわたしに気を遣い、一人で抱えていたことがあるようで申し訳なくなった。

「今度は好きな所を聞かせてほしいな。以前アリスが話しているのを立ち聞きしてしまった以来だから」

「ふふ、そんなこともありましたね」

それからわたしは数え切れないくらいある中で五つだけ選んできた、彼の好きな所について話し始めたのだった。

いつまでも慣れそうにない

「最後に、アーサー様の優しくて穏やかな所が大好きです」

恥ずかしさを堪えながら、なんとか五つアーサー様の好きな所を伝えた。本人を前にして好きな所を話し続けるというのは、想像以上に恥ずかしい。

「ありがとう。嬉しくて、今ならどんな事もできそうだ」

「よ、良かったです」

口元を覆っているアーサー様の顔ははっきりと分かるくらいに赤くて、余計にこちらも恥ずかしくなってしまう。

向かい合ったまま、なんとも言えない沈黙が続く。こんな風にお互いに気恥ずかしくなってしまうのは、まるで婚約したての時のようで懐かしい気持ちになった。

「あの、今言ったのは全て内面についてばかりですが、アーサー様のお顔も声も手も、何もかもが好みで、大好きです」

「……本当に？」

　こうして改めて伝える機会なんてないだろうと思い、勇気を振り絞ってそう伝えてみる。するとアーサー様はわたしの手を取り、そのまま自身の頬へと持っていく。

　肌荒れひとつない彼の肌は、いつまでも触れていたいくらいに滑らかで温かい。

「本当に嬉しい。少しでもアリスの好みの男になれるよう、これからも頑張るよ。髪型や服装もアリスの好きなものがあるなら、なんでも合わせるから」

「い、今のままで十分素敵です……！」

　これ以上ないくらいに格好良くて完璧だというのに、アーサー様は本気でそう言っているようだった。

　わたしは少しだけ温くなってしまった紅茶を飲み、一息ついて落ち着くと、再び口を開いた。

「次はアーサー様、お願いしてもいいですか？」

　いざ自分が聞く側となると、先程とはまた違う緊張感がある。アーサー様が怖いと言っていた気持ちが、分かる気がした。

「アリスの嫌いな所なんてもちろん無いし、悩んだよ。改善してほしい所も五つ考えるのに、かなりの時間がかかった」

「……もしかして、あまり眠れなかったりとか」

「少しだけね」

困ったように笑う彼は、なんとなく寝不足らしき顔をしているような気がしていたのだ。まさかこの話が原因だとは思っていなかったため、申し訳なくなってしまう。

「一つ目は、アリスと同じくとにかく何でも話してほしいってことかな。俺の都合は何一つ気にしなくていいから、ほんの些細なことでもいつでも相談してほしい」

「分かりました」

ティナヴィアでは何度もそう言われていたのに、彼の忙しさを気にして黙ってしまっていたのだ。先日のコリンナ様のことだって、きちんとわたしの口から話しておくべきだった。

これからは絶対にどんな些細なことも、アーサー様に話そうと思う。

「後は、自分が魅力的だってことをもっと自覚してほしい。アリスは誰よりも素敵な女性だよ。他の男から好意を向けられる可能性があることも、どうか忘れないでほしい」

「わかりました。その、本当にごめんなさい」

「謝らないで」

思い返せばホールデン様に好意を向けられていたことにも、わたしはずっと気が付いていなかった。そんな中で、不可抗力といえど彼と二人で過ごすことが多かったのだ。

もしもわたしがアーサー様の立場だったなら、気が気ではなかっただろう。それでも、わたしの為にずっと動いてくれていた彼には感謝してもしきれなかった。

こうして改めて考えてみると、自身の至らなさに嫌気が差してくる。この機会に、しっかり改めようと誓った。

「アリスがどんどん綺麗になるから、不安なんだ」

それからも彼は、わたしに直してほしい所を言ってくれて。優しいアーサー様はこうして機会を作らなければ絶対にわたしには言わず、我慢し続けていたに違いない。

アドバイスをくれたオフィーリアにも感謝していると、アーサー様は「最後に」と続けた。

「ごめんね、アリス。キスをした後、しばらく顔を見てくれなくなるのをやめてほしいんだ」

「す、すみません……！」

「照れているアリスも可愛いんだけど、流石に寂しくなる時があるから」

「ごめんなさい、気をつけます」

失礼だと分かっていても、いつも恥ずかしくてアーサー様の顔が見れなくなり、すぐに俯いてしまうのだ。

「本当にごめんなさい。その、もちろん嬉しいんです。恥ずかしいだけで」

「そんな風に言われると、慣れるまで練習したくなる」

くいと顎を持ち上げられ、至近距離で目と目が合う。心臓が大きな音を立てていく中、必死に視線を逸らさないよう頑張ってみるものの、長くは耐えられそうにない。

「余裕たっぷりのアーサー様が、羨ましいです」

「そう見える？」

「は、はい」

「良かった。本当は、アリスより余裕なんてないと思うよ」

「えっ？」

彼は形のいい唇で美しい弧を描くと、そのまま自身の唇を軽くわたしに押し当てた。離れた後、宝石のような碧眼に映る自分と目が合う。

「アリス、俺を見て」

「……っ」

やはり恥ずかしくなってしまい、思わず視線を逸らしかけたわたしに、アーサー様はそう言って。

「かわいい。慣れるまで頑張ろうね」

それからは練習と言って何度も繰り返されたけれど、恥ずかしさはひたすらに増していくばかりで、いつまでも慣れる気なんてしなかった。

運命

「ア、アーサー様、もう……」

「ごめんね、大丈夫？　少し休もうか」

あまりにも甘すぎる空気や、限界を超えた恥ずかしさに耐えきれなくなり、わたしはアーサー様の肩にそっと頭を預けた。

アーサー様はそんなわたしの頭を撫でると「本当にごめんね。アリスがあまりにも可愛くて止まらなくなった」なんて言うものだから、余計に身体が火照っていく。

「お茶を淹れ直すから、待っていて」

そうして立ち上がった彼を指の隙間から見つめながら、早く頬の熱が冷めますようにと祈った。

「どうぞ」

「ありがとうございます」

やがて淹れたての紅茶の入ったティーカップを二つテーブルに置くと、アーサー様は再びわたしの隣に腰を下ろした。

一口飲んでみると、早鐘を打ち続けていた鼓動が少しずつ落ち着いていくのが分かった。アーサー様が淹れてくれる紅茶は、何よりも美味しい。

その上、いつもお砂糖までわたしの好みの量を入れてくれるのだ。お茶菓子だって毎回わたしの好きなものや、わたしが好きそうだと思ったものを取り寄せては出してくれる。

彼に甘やかされ、とても幸せだといつも思う。

「ごめんね、次はアリスの好きな所だったよね？」

「は、はい」

今のわたしに最後まで聞く体力があるだろうかと不安になっていると、ノック音が響いて。アーサー様が声を掛けると、ドア越しに「公爵様がお呼びです」という返事が聞こえてきた。

「分かった。少し待ってほしいと伝えてくれ」

「かしこまりました」

どうやら領地から公爵様がいらしたようで、アーサー様は小さく溜め息を吐いた。

「ごめんね、アリス。ああ、もちろん今淹れたお茶はゆっくり飲んでくれて大丈夫だから」

「わたしのことはお気になさらないでください。飲み終えたらすぐに帰りますので、公爵様の所へ先に行っていただいても」

「いや、俺がもう少しアリスと居たいだけだよ」

そんなことをさらりと言うと、アーサー様は困ったように微笑んだ。やがてお互いに紅茶を飲み終えると、差し出された彼の手を取り立ち上がる。

「お邪魔しました。続きはまた今度、聞かせてくださいね」

「うん、本当にごめんね」

そうしてドアへと向かい、部屋を出ようとしたところで彼は突然足を止めた。どうしたんだろうと顔を上げれば、再び唇を塞がれてしまう。

「……っ」

「またすぐに連絡する。大好きだよ」

アーサー様は満足げに微笑むと、そのままわたしの手を引き、外へと向かったのだった。

◇◇◇

それから一週間が経ったある日の昼下がり、わたしはアーサー様と殿下と共に、王城の一室でテーブルを囲んでいた。

「至急予定を空けてほしいと言われて来てみれば、これですか」

「すまないな、アーサー。俺にとっては一大事なんだ。とは言え、お前抜きで三人で会うのも嫌だろう？」

「……まあ、そうですね」

実は今日、これからオフィーリアもここへやって来ることになっているのだ。

あの後、手紙にて殿下にオフィーリアの反応を伝えたところ、とても喜んでくださって。いきなり二人で会うよりもわたしが一緒の方が彼女も安心するだろう、それなら四人の方が自然だろうという話になり、今に至る。

そして作戦会議として少し早く、三人で集まったのだ。

「俺も彼女のことは何も知らないしな、まずは普通に友人になれたらいいなと思っているんだ。お前達もいつも通り、その辺でイチャイチャしてくれればいい」

「わかりました、それではお言葉に甘えて」

「ア、アーサー様」

隣に座るアーサー様はわたしの頬にキスを落とし、殿下は「早いわ」と言って笑っている。

そうしているうちに、オフィーリアが王城へやってきた。今日も誰よりも美しい彼女は、わたしを見るなり嬉しそうに微笑んだ。やはり同性といえども、どきりとしてしまう。

「本日はお招きいただき、ありがとうございます」

「来てくれてありがとう。会えて嬉しいよ」

まずは殿下に挨拶をした後、彼女は次にアーサー様へと向き直り、丁寧に頭を下げた。

「グリンデルバルド様、先日は差し出がましいことを言ってしまい申し訳ありませんでした」

「謝らないでください、感謝していますから」

先日とは違い、二人の間に流れる空気は穏やかなものでほっとする。それからは四人でテーブルを囲み、楽しくお茶をしていたのだけれど。

「まあ、そんなに素敵な庭園が……是非見てみたいです。よろしければ、ディラン様が案内してくださいませんか？」

「ああ。もちろんだ」

ひとつだけ予想していなかったことがあるとすれば、想像していたよりもずっと、オフィーリアが殿下に対して積極的だったことだ。

もちろん殿下も嬉しそうな様子で「少し彼女を案内してくる」と言い、二人は庭園へと向かった。

わたしとアーサー様も一緒に行くかと尋ねられたけれど、邪魔をしてはいけないと思い、ここに残ることにする。

「なんだか二人を見ているだけで、ドキドキしちゃいますね」

「そう？」

「はい。わたしとアーサー様の時とは違う感じがして」

「俺達の場合は特殊すぎるから」

「ふふ、本当にそうですね」

当時のことを思い出し、顔を見合わせて笑う。初対面だと思っていたわたしと、ずっとわたしを想ってくださっていたアーサー様。こんな特殊な組み合わせなど、滅多にないだろう。

「でも、あの始まりで本当に良かったです」

「どうして?」

「普通に出会っていたなら、きっとアーサー様に好きになっていただけなかったでしょうから」

もしも過去に出会っていなかったなら、彼ほどの人は絶対に平凡なわたしなんかを好きになっていなかったに違いない。

あの日あんな形で婚約を申し込んでも、笑顔でお断りされていただろう。そう、思っていたのに。

「そんなことはないよ」

「……えっ?」

「俺はきっと、アリスを好きになっていたと思う」

アーサー様ははっきりと、そう言ってのけたのだ。

「あの日、一番に通りがかったくらいなんだ。どんな始まりだったとしても、俺はアリスと結ばれる運命だと信じたいな」

そんな彼の言葉に、ひどく胸を打たれた。「わたしも、そう信じたいです」と告げて、アーサー様にぎゅっと抱きつく。

すると頭上から「嬉しい」「好きだよ」という優しい声が降ってきて、たまには、と勇気を出し、わたしは自ら唇を寄せたのだけれど。

「……かなりいい雰囲気のところ申し訳ないんだが、そろそろ入ってもいいだろうか？」

不意にそんな声が入り口から聞こえてきて、わたしは慌ててアーサー様から離れると、顔を両手で覆ったのだった。

大好きな人たちと共に

「アリス、顔を上げて。タイミングが悪くてごめんなさい。ディラン様も、もう少し後に声をかけてくだされば良かったのに」

「ははは、すまない。それにしても、意外とアリス嬢も積極的なんだな。やるじゃないか」

「殿下、これ以上アリスを困らせないでください」

キスをしようとしたところを二人に見られたなんて、あまりにも恥ずかしすぎる。あれからずっと、わたしは顔を上げられずにいた。

そんなわたしを、三人は宥めてくれている。様子を見る限りオフィーリアと殿下はかなり意気投合したようで嬉しいものの、やはり恥ずかしさはなかなか消えてくれない。

「いつもは俺からしていますから」

「それは何のフォローなんだ？」

二人のやりとりを聞きながら、メイドが淹れ直してくれた温かいお茶をいただき、わたしはようやく落ち着くことが出来た。

とは言え、時々殿下が掘り返してはからかってくるせいで、何度も恥ずかしい思いをしたのだけれど。

「二人の結婚式、楽しみにしているぞ。俺が挨拶でもするか？」

「余計なことを言われそうで怖いので、遠慮しておきます」

「私も楽しみだわ。アリスのウェディングドレス姿、とても綺麗でしょうね」

「ふふ、ありがとう」

それからは大好きな人達に囲まれて、わたしは幸せで楽しい時間を過ごしたのだった。

「今日はありがとう、楽しかったわ」

「わたしも本当に楽しかった。また明後日に」

「ええ」

明後日はまた、オフィーリアと共に図書館へ行くことになっている。その後は、彼女の経営するお店に遊びに行く予定だ。

彼女が乗った馬車を三人で見送ると、殿下はわたし達の肩にそれぞれ手を置き、「二人ともありがとうな」と微笑んだ。

「いやー、それにしてもオフィーリア嬢は驚くほどに素敵な女性だな。完全に惚れたよ」

「本当ですか？」

「ああ。次からは二人で会おうと誘ってみることにする。本当にありがとう」

「わたしも大好きなお二人が一緒にいる姿を見て、嬉しくなりました。頑張ってくださいね」

すると殿下は「聞いたか、アーサー」と、アーサー様へ視線を向けた。

「アリス嬢に大好きだと言われてしまったよ」

「それは良かったですね」

「ああ。本当にわかりやすくてかわいいな、お前は」

殿下は思い切りアーサー様の背中を叩き、可笑しそうに笑っている。仲の良い二人を見ていると、自然と笑みが溢れた。

「またな、この礼は必ずする」

そんな彼に見送られ、わたしはアーサー様と共に公爵家の馬車へと乗り込む。

殿下にも大好きだと言ったせいか、ほんの少しだけ拗ねているアーサー様があまりにも可愛くて、今度こそわたしは自分から彼の唇を塞いだのだった。

◇◇◇

「招待状、アーサー様はどなたへ送るか決めましたか？」

「うん、大体は決まっているよ。アリスは？」

「わたしはまだ、少し悩んでいて……」

結婚式の準備も順調に進んでおり、いよいよ来週には招待状を送ることになっている。

親しい友人や、学生時代の友人、そしてエマ様とハリエット様にはもちろん送るつもりだ。

最近は交友関係が一気に広がったこともあり、どこまで送っていいものなのか分からず、ベアトリス様が色々とアドバイスをしてくださることになっている。

「ベアトリス様って本当に素敵ですよね。憧れの女性です」

「それを聞いたら、とても喜ぶと思うよ」

今回の結婚式のことだって、ベアトリス様がすべて仕切ってくださっている。わたしもいつか同じ立場になった時、しっかりこなせるようにならなければ。

「……ずっと夢見心地というか、ふわふわした感じだったんですが、最近になってようやく結婚式の実感が湧いてきました」

「分かるよ。俺もまだ、夢なんじゃないかなと思うくらいだから」

なんとなくまだまだ先だと思っていたけれど、今や結婚式まで残り三ヶ月を切っている。あっという間に当日が来てしまいそうな気がして、ドキドキしてしまう。

「そういや、結婚式の後は二週間近く休みが取れそうなんだ。新婚旅行はどこへでも行けそうだ」

「本当ですか？　とても嬉しいです……！」

「良かった。アリスの行ってみたい国に行こうか」

「ふふ、一緒に選びましょう」

二週間も休みが取れるというのはアーサー様も予想外だったらしく、公爵様がかなり気を遣ってくださったようだった。

次会う時までに、アーサー様が国内外の旅行先の資料を用意してくださることになり、行き先は二人で決めようということになった。

公爵邸への引っ越しの準備も進めなければならないし、やることはまだまだ山積みだ。

「これから更に忙しくなるし、あまり無理はしないでね。しばらくは、勉強や社交もなるべく控えた方がいいかもしれない」

「はい、分かりました」

無理をして、体調を崩しては元も子もない。今後は彼の言う通り無理をせず、うまく進めていかなければ。

ひとまず結婚式の話はここまでにして、ゆっくり過ごそうということになったのだけれど。

「そうだ。アリスの好きな所、まだ話していなかったよね」

「は、はい」

「今日は時間もたくさんあるし、五つと言わずにたくさん伝えてもいい？　ぜひ聞いてほしいな」

それからわたしはアーサー様によってひたすらに褒められ、愛を囁かれ、ゆっくりするどころか、落ち着かない時間を過ごすことになる。

一生、忘れない

「オペラ、とても素敵でしたね」

「うん、予想以上に面白かったよ。ハラハラして両手を組んでいたアリスも、感動して泣いていたアリスも可愛かった」

「もう、ちゃんと舞台を見てください」

前回と変わらず舞台よりもわたしばかり見ていたらしいアーサー様に、思わず笑みが溢れる。

結婚式まで残り一ヶ月を切ったある日の午後、わたしは彼と共にオペラを見に来ていた。

久しぶりのデートということでハンナも気合を入れて支度をしてくれて、アーサー様は今日も恥ずかしくなるくらいに褒めてくれた。

オペラを見終えた後は初めてのデートの時のコースをなぞり、当時二人で訪れたカフェにてお茶をしている。向かい合って座り、前回と同じものを頼む。

「懐かしいですね。あの頃のことを思い出します」

当時のわたしはアーサー様と一緒いるだけでドキドキし続けていて、そんな中でわたし以外を異性だと思えたことがないなんて言われ、余計に落ち着かなくなった記憶がある。

「あの頃の俺はずっと、どうしたらアリスに好きになってもらえるか、ということばかりを必死に考えていたよ」

アーサー様はそう言って、懐かしげにアイスブルーの瞳を細めた。余裕たっぷりに見えていた彼がそんなことを考えていたなんて、わたしは想像すらしていなかった。

嬉しいような、くすぐったいような気持ちになる。

「そういえば、エマ様もハリエット様も結婚式に参加してくださるそうです」

「それは良かった。楽しみだね」

「はい、とても」

先日、二人から招待状の返事と共に手紙が来たのだ。二人やティナヴィアでお世話になった方々も皆、元気なようで本当に良かった。

余裕を持って少し早めにウェルベザへ来てくれるようで、時間を作ってぜひ二人を案内したいと思っている。

すると目の前のアーサー様がじっと、わたしを見つめていることに気がついた。

「どうかされましたか？」

「嬉しそうにしてるアリスが可愛いなって」

「あ、ありがとうございます」

「何をしていても可愛いんだけどね」

最近のアーサー様は、わたしへの甘さに拍車がかかっている気がする。母からは結婚前、不安になったり落ち込んだりする人もいると聞いていたけれど、彼の場合は正反対のようだった。

「以前ここで、お互いの好みの異性について、話をしたのを覚えてる？」

「はい、覚えています」

「今もやっぱり、アリス以外思いつかないと思ったよ。アリスの全てが俺の好みだなって」

「……あ、ありがとう、ございます」

それからもずっと店内にいる間甘い言葉を囁かれ続け、胸がいっぱいになってしまったわたしは、大好きなケーキを残してしまったのだった。

◇◇◇

「アリス、見て。学園だよ」

カフェからの帰り道ふと窓の外へと視線を向けると、わたし達が五年間通った学園が見えた。まだ一年も経っていないはずなのに、通っていたのがかなり昔のように感じてしまう。ここへ来るのも、卒業パーティー以来だ。

「なんだか、とても懐かしく感じます」

「俺も。少しだけ中を歩いてみる？」

「はい、ぜひ！」

学園の門前で馬車を停め、わたし達は敷地内へと足を踏み入れた。今日は休みのため、生徒の姿はない。校舎内へは立ち入れないものの、それ以外の場所は開放されている。

二人で手を繋ぎながら、ゆっくりと舗装された道を歩いていく。アーサー様と一緒に過ごしたのは五年間のうちのたった一年だというのに、驚くほど彼との思い出ばかりが蘇ってくる。

「ここで、アリスを見つけたんだ」

「……そうなんですか？」

講堂のすぐ側で、アーサー様はふと足を止めた。

「入学式を終えて、アリスはここには居ないのかもしれないと思った時に声が聞こえて、夢かと思った」

ここでわたしが誰かの落としたハンカチを拾ったのを、彼は偶然見かけたのだという。まさかそんなふとした瞬間を見られていたなんて、と驚いてしまう。

「それから四年間、ずっとアリスを見ていたんだ」

「アーサー様……」

「何よりも遠くて、眩しかった」

そんな彼の言葉に、少しだけ視界が揺れる。アーサー様は困ったように微笑むと「行こうか」と言い、わたしの手を引いて歩き出した。

そうして再び校門へと戻ってきたわたし達は、どちらからともなく足を止めた。

「あの日のことは、一生忘れないと思うな」

「ふふ、わたしもです」

未だに、どうしてあんな突拍子もないことを思いつき、実行したのか不思議で仕方ない。

『あの、わたしと婚約して頂けませんか⁉』

『……いいよ、婚約しようか』

そんなやりとりを思い出し、つい笑みが溢れる。

「俺が婚約しようって返事をした時のアリスの驚いた顔も、忘れないと思うな」

「もう。アーサー様、初対面のフリがお上手でしたから」

「ごめんね。もうアリスに嘘はつかないよ」

何もかもが奇跡みたいで、大切な思い出だった。しっかりと手を繋いで、二人で再び歩き出す。

「今日、アリスとここに来られて良かった」

「わたしも今、同じことを思っていました」

「あの頃の俺に、アリスと結婚するんだって教えてあげたいよ。頭がおかしくなったとしか思われないだろうけど」

「ふふ」

あの頃の卑屈で弱気だったわたしにも、今はこんなにも幸せだと教えてあげたい。そう、心から思った。

心の準備

「ディラン様と、婚約することになったの」

「えっ、本当に？」

「ええ。アリスには一番に知らせたくて」

それから一週間が経ったある日、ローラット公爵邸に招かれたわたしは、彼女の部屋でお茶をしていたのだけれど。

突然告げられた驚きの言葉に、思わずティーカップを落としそうになってしまった。

「っおめでとう……！　本当に嬉しい！」

「ありがとう。アリスに喜んでもらえて、私も嬉しいわ」

二人が頻繁に会うようになっていたこと、オフィーリアも殿下に惹かれているということは聞いていたものの、まさかこんなにも早く婚約まで話が進むとは思っていなかった。

「父も私が大人しくどこかへ嫁ぐとは思っていなかったようだから、喜んで話を進めてくれたわ。どんな娘だと思われているのかしら」

「ふふ、でも良かった。嬉しすぎて今日は眠れなさそう」

大好きな二人の素敵な知らせに、嬉しさで落ち着かなくなる。そんなわたしを見て、オフィーリアは「可愛い」と言って微笑んだ。

人は恋をすると綺麗になるというのは、本当だと思う。元々誰よりも美しかった彼女は、最近さらに綺麗になった。きっと殿下に恋をしているからなのだろう。

「すべてアリスのお蔭よ、本当にありがとう」

「そんな、わたしは何も」

「いいえ。アリスがあんなにも信用している方だからこそ、私も会ってみようと思えたんだもの」

そんなオフィーリアの言葉に、胸を打たれる。

「これからも仲良くしてね」

「こちらこそ。オフィーリア、大好きよ」

そう言って手を取れば、「結婚式で攫ってしまいそうなくらい、アリスが可愛い」なんて言う彼女に、笑みが溢れた。

◇◇◇

「そうなんだ、良かったね。今頃、空を飛べそうなくらいに浮かれているであろう殿下に、会うのが楽しみだ」

「わたしも、そんな殿下にお会いしたいです」

アーサー様に早速オフィーリアと殿下の婚約について伝えたところ、驚きつつも喜んでいる様子だった。

ちなみに今日は完成したウェディングドレスを見せていただいたけれど、思わず涙ぐんでしまったくらいに素敵で。沢山の人の協力により、最高の結婚式になるだろうという確信があった。

今はすでに半分ほど荷物を運び込まれたわたしの自室となる部屋にて、アーサー様と共に必要なものを確認していた。今まで伯爵家にあったものが置かれているのを見ると、本当にこの屋敷に住む実感が湧いてきて、落ち着かなくなる。

「わあ、可愛い……！」

すると、ふとベッドの上に可愛らしいカゴがあることに気が付いた。その中にはふかふかのクッションが敷かれていて、小さな色とりどりの宝石が散りばめられている。

そしてその色合いには、見覚えがあった。

「もしかしてこれ、ミーティアのお布団ですか？」

「よく分かったね。これからはスターリーと一緒に眠れるようにと思って」

二匹が並んでこの可愛らしいカゴに入る様子を想像しただけで、胸がときめいてしまう。

「アーサー様、本当にありがとうございます」

「気にしないで、俺のためだから」

「えっ？」

「これからは俺がアリスを独占して眠るから、二人には寂しい思いをさせると思って作らせたんだ」

「……っ」

そんな言葉に、一気に顔が熱くなっていくのが分かった。そんなわたしを見て、アーサー様はくすりと微笑んだ。

「アリス、顔が真っ赤だよ」

「す、すみません」

「なんで謝るの？　可愛いね」

思わずいつも通り照れてしまったけれど、いつまでもこんな態度でいては、いずれ彼に迷惑をかけてしまうだろう。

先日、リリーも「女性に恥じらいは大事だけれど、恥ずかしがりすぎると面倒だと思われるのよね」と言っていたのだ。間違いなくわたしは、恥ずかしがりすぎている。

このままではいけないと思い、そっとアーサー様の袖のあたりを掴んだ。

「わたし、頑張りますから」

そう告げれば彼は一瞬、驚いた表情を浮かべたけれど。数秒の後、ぐらりと視界が傾いた。

「……ずるいな、アリスは」

気が付けば押し倒される形になっていて、アーサー様の整いすぎた顔がすぐ目の前にある。

「自分でも、よく耐えてると思うよ」

そんな言葉に、余計に顔に熱が集まっていく。

「心の準備、しておいてね」

「……わ、わかりました」

美しい彼の瞳が近づいてきたかと思うと、そっと唇を塞がれる。やがて唇を舌でなぞられ離れた時にはもう、わたしの心臓は限界だと悲鳴を上げていた。

結婚式まで、あと十日。

わかりました、なんて言ってしまったものの、心の準備なんていつまでもできる気がしなかった。

大切な友人

「アリス様……！」

「エマ様、ハリエット様、お久しぶりです」

「ふふ、久しぶりね。お元気そうで何よりです」

結婚式を五日後に控えた今日、ティナヴィア王国からエマ様とハリエット様が到着した。

長旅を終えた彼女達とわたしは二日間、公爵邸に滞在することになっている。積もる話もあるだろうと、アーサー様が提案してくださったのだ。

結婚式の三日前にはわたしも最終準備があるため、二人はホテルへ移動することになっているけれど、少しでも二人と過ごす時間が増えて嬉しい。アーサー様には感謝してもしきれなかった。

「アリス様、ほ、ほんとに、お会いしたかったです……！」

「わたしもです。ふふ、泣かないで」

「す、すみません……嬉しくて……」

エマ様は顔を合わせた途端、大粒の涙をぽろぽろと溢して泣き出し、つられてわたしも視界がぼやけてしまう。そんなわたし達を見て、ハリエット様は困ったように微笑んだ。

アーサー様は二人に挨拶をすると、荷物をそれぞれの部屋に運ぶよう使用人達に指示し、広間へと案内していく。

「とても素敵なお屋敷ね」

「もうすぐアリス様も、ここに住まれるんですね」

既に観光をしているような二人はきらきらと瞳を輝かせおり、とても可愛らしい。

長旅で疲れているであろう今日は屋敷内で過ごし、明日は三人で王都を観光して回ることになった。大好きな二人に自国を案内できる日が来るなんて、本当に嬉しかった。

「お疲れでしょうし、まずはお休みになられますか？」

「いいえ、少しでもアリス様とお話したいです！」

「エマ様ったら。でも、私も同じ気持ちです」

「嬉しいです。それではお茶にしましょうか」

それからは三人で、のんびりとお茶をして過ごすことにした。

テーブルを囲み、それぞれの近況を話していく。エマ様はアカデミーでも楽しく過ごせているようで、ひどく安堵した。ハリエット様もリリアン様と共に、充実した日々を送っているらしい。

「そう言えばお兄様が、アリス様によろしくと」

「ホールデン様が？」

「はい。結婚おめでとう、とも言っていましたよ」

「……ありがとう、ございます」

彼もまたアカデミーに通い、変わらずに過ごしているらしい。

「でも、ホールデン様は以前よりも優しくなられた気がするんです。私や他の女子生徒に対しても、柔らかい態度で接してくださるようになりましたし」

「ふふ、きっとアリス様のお蔭ですね」

「いいえ、元々お優しい方ですから」

話を聞いているうちに、わたしは半年間過ごしたティナヴィアが恋しくなっていた。

◇◇◇

「アリス、まだ起きていたんだね」

「今までハリエット様のお部屋で三人でお話をしていたんです。遅くまですみません」

「ゆっくり話が出来たようで良かったよ」

「本当にありがとうございます」

それから二日後の夜。二人の部屋にて遅くまで話しをしていたわたしは自室へと向かっていたところ、途中でアーサー様に出会《でくわ》した。

彼もまだ寝付けないようで、お互いに眠たくなるまで話をすることにした。

「今日は楽しかった？」

「はい、お蔭様で。お二人もウェルベザをとても気に入ってくれたようで、絶対にまた来ると言ってくれました」

「良かったね。俺も嬉しいよ」

今日一日は三人で王都の街中にある観光地をめぐり、とても楽しい時間を過ごした。

「わたしまでお世話になってしまって、すみません」

「数日後にはここがアリスの家になるんだから、気にしないで」

そうとは分かってはいても、やっぱりまだ実感は湧かない。

「少しずつ慣れていけばいいよ。時間はまだまだあるから」

「はい。あと三日後には、アリス・グリンデルバルドになるだなんて、不思議な感じです」

何気なくそう言ったところ、アーサー様はやがて口元を片手で覆った。その顔はほんのりと赤いように見える。

「あの、どうかされましたか？」

「……ごめん、アリスの口から聞くと、想像以上に嬉しくて」

どうやら嬉しいというのは、アリス・グリンデルバルドという発言についてらしい。意識すると、こちらまで恥ずかしくなってきてしまう。

「そろそろ部屋に戻るね、これ以上一緒にいると離れたくなくなりそうだから」

「は、はい」

「おやすみ、未来の奥さん」

アーサー様はそんなことをさらりと言うと、軽く口づけを落とし、部屋を出ていく。

「……お、奥さん」

今度はわたしが両手で顔を覆い、照れてしまう番で。今夜もなかなか寝付けそうにないと思いながら、わたしはぼふりとベッドへ倒れ込んだ。

永遠を誓って

そして、あっという間に結婚式の前日になった。

沢山の人々の協力により準備も全て無事に終わっており、あとは当日を待つだけだ。

「……全然、眠れない」

明日の朝も早いため今夜も公爵邸に泊まっていたわたしは、いつもよりも早い時間にベッドに入ったけれど、やはりそわそわして落ち着かず、全く寝付けそうになかった。

ずっと目を閉じていてもいくら羊を数えてみても、さっぱり眠気はこないのだ。何か温かい飲み物でも飲めば変わるかもしれないと思い、そっとドアを開けて廊下に出る。

すると背中越しに「アリス」と声を掛けられた。

「アーサー様？　どうかされましたか？」

「部屋のドアが開く音がしたから、どうしたのかと思って」

「すみません、こんな時間に。もしかして、起こしてしまいました……？」

「いや、寝付けなくて本を読んでいたんだ」

どうやら彼も寝付けずにいたようで眠れない者同士、眠たくなるまで話をすることにした。

わたしの部屋のソファにて並んで座り、明日の結婚式についての話をしていたのだけれど。

「……ねえ、アリス。俺と結婚することに後悔はない？」

突然そんな問いを口にした彼は、ひどく真剣な表情を浮かべていた。どうやら本気で尋ねているようで、その瞳には不安の色が浮かんでいる。

わたしは彼の手に自身の手のひらを重ねると、じっと彼の顔を見つめた。

「後悔なんて、全くありません。アーサー様のお側で生きていけることが、何よりも幸せですから」

「ありがとう。変なことを聞いてごめんね、俺も同じ気持ちだよ」

やがてアーサー様はそっとわたしを抱き寄せたけれど、なんだかいつもとは違う様子に、心配になってしまう。

「――長かったな、と思って」

今にも消え入りそうな、縋るような声でアーサー様はそう呟いて。わたしの身体に回していた腕に、力を込めた。

「アリスを好きになってから、十年以上経っているんだ」

「アーサー様……」

「本当に今が幸せだよ。ありがとう」

「わたしも、とても幸せです」

彼がずっとわたしを想っていてくれたからこそ、幸せな今があるのだ。

わたしはそんなアーサー様を抱きしめ返すと、何度も「大好き」を伝えたのだった。

◇◇◇

そして迎えた、結婚式当日。

大聖堂の側にある建物の控室にて、純白のウェディングドレスに身を包んだわたしは、数人がかりで最終チェックをされており、これ以上ないくらいの緊張感に包まれていた。

スカート部分は細やかなレースが幾重にも重なっており、細かな刺繍と相俟って、女性らしさが強調されている。耳元や首元では、花を象った大粒のダイヤが眩しいくらいに輝いていた。

「アリス様、花のお色はこちらでよろしいですか？」

「ええ、とても素敵だわ。ありがとう」

髪は丁寧に編み込まれた緩めのアップスタイルになっており、その周りには色とりどりの大小の美しい花が、まるで花冠のようにあしらわれている。

「あまり緊張しないで。今の貴女は間違いなく、世界で一番綺麗よ」

「はい。ありがとうございます」

ずっと付き添ってくださっているベアトリス様は、わたしの手を優しく握ってくださり、少しだけ落ち着くことができた。両親や友人達はすでに、大聖堂の中で待ってくれている。

今からわたしとアーサー様の結婚式が行われると思うと、心臓がうるさいくらいに跳ねてしまう。

「あら、アーサーが来たみたいよ」

不意に軽いノック音が響き、やがて中へと入って来たのはアーサー様で。白のタキシードに身を包んだ彼は、本当に絵本から飛び出してきた王子様のようだった。

誰よりも素敵な彼がこれから自分の夫となるなんて、やはり夢みたいだと思ってしまう。

そんなアーサー様はわたしの姿を見るなり、ひどく幸せそうな表情を浮かべた。

「アリス、本当に綺麗だよ」

「ありがとうございます。嬉しいです」

「このまま攫って、誰にも見せたくないくらいだ」

「もう。アーサー様も、とても素敵です。ずっと眺めていたいくらい」

「ありがとう」

柔らかく目を細めて微笑むと、彼はわたしに手を差し出してくれた。そっとその手を取り、わたしもまた彼に笑顔を返す。

「行こうか」

「はい」

そうして二人で、ゆっくりと大聖堂へと向かう。

やがて大きな扉の前に着き、足を止めたわたしは小さく深呼吸をした。とくとくと、心臓が早鐘を打っているのが分かる。けれど今は、それすらも心地よく思えた。

ふと隣を見上げればアーサー様もこちらを見ていて、大好きなアイスブルーの瞳と視線が絡んだ。

「アーサー様、大好きです」

「俺も、愛してるよ」

顔を見合わせて微笑み合うと、わたしは自身の手を彼の手のひらから腕へと移動させた。

静かに扉が開き、大好きな人達が温かい拍手と共に迎えてくれる。それだけで嬉しくて、幸せで。視界がぼやけてしまうのを堪えながら、花びらが敷き詰められた絨毯の上をアーサー様と共に、一歩ずつ歩いていく。

それからはお互いに永遠を誓い合い、神父様の前で結婚の証明書にサインをした。お手本のような美しい字で書かれたアーサー様の名前と、この時のために必死に文字を練習をしたわたしの名前が並んでおり、くすぐったい気持ちになる。

「アリス」

泣きたくなるくらいに優しい声で、名前を呼ばれた。顔を上げて向かい合うと、アーサー様がヴェールをそっと上げてくれる。最後に、誓いのキスをすることになっているのだ。

そっと目を閉じると、やがて柔らかな感触がして。少しの後、彼の唇が離れた。ゆっくりと目を開ければ、少しだけ照れたように微笑むアーサー様と視線が絡む。

今日はキスの後も彼から視線を逸らさずにいると、彼はまるで子供みたいに嬉しそうに笑って。

「神の名の下に、この二人を夫婦として認めます」

それと同時に、大聖堂内は再び温かい拍手に包まれた。

これ以上ないくらいの幸福感によって、わたしの瞳からはぽたりと涙がこぼれ落ちていく。

そんなわたしの涙を、アーサー様はそっと指で掬ってくれる。

「一生、大切にするから」

「はい」

そしてわたしは、アーサー様の妻となった。

◇◇◇

「おめでとう、アリス」

「ありがとう。リリー、目が真っ赤よ」

「本当に素敵な式で、感動しちゃった。アリス、すごく綺麗だったわ」

挙式を終えた後は、披露宴が行われた。沢山の大好きな人たちに直接祝われて、改めて幸せを実感し、何度も泣きそうになってしまった。

「アーサー様、どうかアリスをよろしくお願いいたします」

「はい、もちろんです。命に代えても守り、何よりも大切にします」

両親に対してアーサー様はそう言ってくださり、二人はひどく安堵していた。彼ならば本当に、身を賭してわたしを守ってくれそうだ。彼のためにも色々気を付けなければと、心の中で誓う。

アーサー様と共に挨拶をして回っていると、ノア様とライリー様の姿を見つけた。二人もまた、わたし達を見ると笑顔を浮かべた。

「アーサー、アリスちゃん、結婚おめでとう。最初の頃の二人を知っているから尚更嬉しいし、感動したよ。ノアなんて少し泣いてたからね」

「おい、余計なことを言うな。でも、本当におめでとうな。ぎこちない空気の中、二人が学食で昼食をとっていた頃が懐かしいよ」

「ふふ、ありがとうございます。お二人の存在には、何度も救われました」

アーサー様のご友人であるにもかかわらず、わたしにもいつも良くしてくださっていた二人のことが、大好きだった。あの夏の四人での旅行も、一生の思い出だ。

二人と別れた後は、オフィーリアと殿下の元へと向かう。しっかりと正装をした美男美女の

二人はとても目立っていて、すぐに見つけられた。

「結婚おめでとう。二人の晴れ姿に、涙が止まらなくて困ったよ」

「嘘をつくなら、もう少し上手についてください」

アーサー様と殿下のいつもと変わらないやりとりに、思わず笑みが溢れる。

一方、オフィーリアはわたしの手を取ると、花が咲くように微笑んだ。

「素晴らしい式だったわ。二人がとても幸せなのが伝わってきて、私も結婚したくなったもの」

「それは良いことを聞いたな」

そんな殿下の言葉に、彼女は「頑張ってくださいね」と言って微笑んだ。以前よりも更に、二人の距離は縮まったようだ。お似合いな二人の姿を見ていると、こちらも嬉しくなる。

それからも披露宴の間ずっと、たくさんの大切な人たちに祝福され、わたしはこれ以上ないくらいに幸せな時間を過ごしたのだった。


やがてわたし達は皆に見送られ会場を後にして、馬車に乗り込み帰路についた。

今日からわたしが帰る場所は、公爵邸となる。彼の隣に座り馬車に揺られ、わたしは嬉しいような落ち着かないような、そわそわした気持ちになっていた。

「アリス、大丈夫？　疲れただろう」

「はい、少しだけ。アーサー様こそ、お疲れではないですか？」

「俺は大丈夫だよ」

招待客の対応に追われていたアーサー様こそ、わたし以上に疲れているはずなのに。その顔に、疲れの色は一切見えない。そんな彼はわたしの頬に触れると、眩しいほどの笑みを浮かべた。

「今夜はまだ寝かせてあげられないけれど、ごめんね」

「……っ」

公爵邸まで、残り二十分ほど。やはり心の準備なんてできそうにないと思いながら、わたしは彼の肩に頭を預けた。


そして、長い長い夜が始まる。

そしてまた、恋に落ちる

それから二日後、わたしはアーサー様と共に馬車に揺られていた。

「今日からの旅行が楽しみすぎて、昨晩はあまり眠れませんでした」

「夜中ころころ寝返りを打ち続けていたから、そうじゃないかなと思っていたよ」

「す、すみません。アーサー様の睡眠の邪魔を……」

「俺は大丈夫だよ。眠たかったら着くまで眠っていいからね」

今日は、待ちに待った新婚旅行の初日なのだ。

アーサー様と共に行きたい場所を選んだ結果、ティナヴィアとは別の他国へと行くことになっている。ちなみに最初の二日は、通り道にあるグリンデルバルド公爵領北部の、あの街で過ごしたいとお願いしてあった。

学園時代の夏休みに、ノア様とライリー様と四人で行ったあの街が忘れられなくて。どうしても今、もう一度行きたかったのだ。

「気に入ってくれて嬉しいよ」

「はい。沢山の思い出のある場所ですから」

そうして話しているうちにあっという間に到着し、美しい景色や懐かしい街並みに、わたしは目を細めた。あれからもう、二年近くが経っているのだ。

すぐに執事であるブライスさんが出迎えてくれ、荷物を預けて屋敷の中へと案内される。広間へと案内されると、彼を含めた使用人達に結婚を祝福された。

アーサー様も子供の頃から知る彼らに祝われたことで、少しだけ気恥ずかしそうにしていたものの、嬉しそうだった。

「料理長も、今日の夕食はお祝いだと気合を入れているようですよ」

「そうなんですね……！　とても楽しみです」

そんな言葉通り本日の夕食は一流レストランのフルコースのようなメニューで、何もかもが本当に美味しかった。

デザートまでわたしの好きなものが用意されていて、まさに至れり尽くせりだ。

食後のお茶をいただいた後は、料理長に直接お礼と美味しかったという感想を伝え、わたし達はそれぞれゆっくりとお風呂に入った。

ほとんどが前回訪れた時と変わらなかったけれど、ひとつ違うのは宿泊する部屋で。わたしは寝る支度を済ませると、アーサー様の部屋へと向かった。

やはりまだ緊張してしまいながらも、小さく深呼吸をした後ドアをノックする。するとすぐに「どうぞ」という彼の声が聞こえてきて、わたしはドアを開けた。

「……アリス？」

「す、すみません」

アーサー様はまだお風呂から上がって間もないようで、髪からはまだぽたぽたと雫が垂れている。濡れた髪を軽くかき上げる姿や、ほんの少し火照った頬やはだけた胸元を見ていると、心臓が大きく跳ねてしまう。

顔が赤くなっているであろうわたしを見て、アーサー様はくすりと笑った。

「ねえ、アリス。髪を拭いてくれないかな？」

「は、はい」

「ありがとう。嬉しいな」

そんな珍しいお願いに、わたしはどきどきしながら彼の近くへ行くと、タオルを受け取りそっと髪を拭いていく。気持ちよさそうに目を細めるアーサー様が可愛くて、笑みが溢れた。

こうして彼が甘えてくれるのは、とても嬉しい。それを正直に伝えれば、彼は何故か困ったように微笑んだ。

「あまり甘やかされると、調子に乗ってしまいそうだ」

「ぜひ、乗ってください」

そう言った途端、視界が反転して。気が付けばわたしはソファに押し倒される形になっていた。至近距離で、熱を帯びた彼の瞳と視線が絡む。

「今日は疲れているだろうし、早く寝かせてあげるつもりだったのに」

「あ、あの」

「アリスが悪い」

戸惑っているうちに噛み付くように唇を塞がれ、結局わたしは、どちらが甘やかされているのか分からない夜を過ごしたのだった。

◇◇◇

翌朝、ゆっくりと目を開けたわたしは、カーテンの隙間から差し込む朝日が眩しくて、長年の癖ですぐに布団をかぶってしまう。

するとすぐ近くでくすりとアーサー様が笑う声が聞こえ、そっと顔を出した。

「おはよう、アリス」

「おはようございます。すみません、寝ぼけて一人でいるような気になっていて」

まだまだ、二人で眠ることには慣れそうにない。けれど起きてすぐに彼の顔を見れるのは、何よりも幸せだと思えた。

「もう少し眠っていてもいいよ」

「いえ、申し訳ないですし」

「俺はアリスの寝顔を見ているから、気にしなくていいのに」

「起きます」

それからは朝食をとり、支度を済ませたわたし達は街中へと向かった。

以前と変わらない街並みを眺めながら二人手を繋ぎながら歩いていく。そんな中ふと、前回のことを思い出したわたしは、ぎゅっと彼の腕に自身の腕を絡めた。

「どうかした？」

「その、くっつきたくなって」

以前はクロエ様がずっと側にいたことで、わたしはアーサー様と会話することすらままならなかったのだ。わたしはその後ろを歩きながら、二人の姿を見ないようにしていた。

「……すごく、嬉しい」

当時の切ない苦い気持ちを思い出してしまったけれど、彼があまりにも嬉しそうに笑うものだから。そんな気持ちは、一瞬で吹き飛んでいった。

昼食をとり午後からは、近くの森の中へとやって来ていた。

前回一緒に乗れなかった小舟に、ぜひ一緒に乗りたいとお願いしたのだ。

湖へとやってきたところ、他に人影はなく貸切のようだった。近くの小屋にいた管理人らしき男性に用意をしてもらい、二人で船に乗り込む。

二人でこうして船に乗るのは、ティナヴィアのスイレンが咲き誇る湖以来だった。

「気持ちいいですね」

「ああ。このまま眠ってしまいたくなる」

「ふふ、わかります」

森の中は驚くほどに静かで、まるで世界に二人だけのような錯覚すら覚える。頬を撫でていく柔らかな風や、水の音がひどく心地良い。

「あの時は本当にごめんね」

「そんな、謝らないでください」

「まさかアリスが引き止めてくれるとは思わなかったから、本当に嬉しかった」

当時のわたしは「嫌だ」という言葉ひとつ言えなくて。無言でアーサー様の手を握るので精一杯だった。

けれど、今は違う。そう思えるのも全て、アーサー様のお蔭だ。

そんなことを考えながら、二人きりで穏やかな時間を過ごしたのだった。


それからわたし達は湖から少し離れた場所にある、小さなベンチに並んで腰を下ろした。前回来た時と変わらず、ここから見える景色はとても綺麗だった。

「ここで、アーサー様のことを好きになったんです」

あの頃のわたしは、弱気で卑屈な自分が何よりも嫌いで。

『……弱い自分が、本当に嫌なんです』

『自分に、自信が持てたらいいのに』

いつも俯いて何もかもを我慢して、悪い方向にばかり考えてしまう自分が大嫌いだった。

けれどあの日、アーサー様はわたしが欲しかった言葉をくれたのだ。

『ねえ、アリス。俺のことはどう思う？』

『えっ？　ええと、アーサー様は優しくて格好よくて、わたしが知る中で一番、素敵な方だと思います。皆の憧れです』

『じゃあそんな俺に、こんなにも愛されているアリスはすごいと思わない？』

『……え、』

『そんな俺が人生でたった一人、好きになったのが君だよ』


『俺が、君の自信になれないかな』


それから今日までずっと、アーサー様はわたしの自信となり続けてくれている。そして、それはこれからも変わらない。

「この二年で、少しは変われたでしょうか？」

「アリスは変わったよ。置いていかれないか心配なくらいに」

「ふふ、そんなこと絶対にありえません」

もちろん、まだまだ至らないところは沢山ある。むしろ、至らないところだらけだ。けれどこれからもアーサー様の側で、変わっていきたい。

「あの日からずっと、アーサー様のことが好きです」

そう告げれば、大好きなアイスブルーの瞳が柔らかく細められ、抱きしめられる。

「……俺も初めて会った日からずっと、アリスのことが好きだよ」

大好きな彼の温もりに包まれながら、わたしはこれ以上ない幸せを噛み締めていた。

書き下ろし番外編

甘すぎる新婚生活

「お帰りなさい」

「ただいま、アリス」

仕事を終えて帰宅したアーサー様を、いつものように玄関で出迎える。するとアーサー様は嬉しそうに微笑み、少しだけ屈んでわたしの頬に軽くキスを落とした。

それだけで未だに照れてしまうわたしを見て、彼は「アリスは本当にかわいいね」なんて言い、優しく頭を撫でてくれる。

「夕食はもう食べた？」

「いいえ、アーサー様と一緒に食べたいと思ってお待ちしていました。もしかして、出先で既に食べてきましたか？」

「いや、まだなんだ。待っていてくれてありがとう、急いで着替えてくるよ」

「はい。先に食堂に行っていています」

そうしてアーサー様と別れ、わたしはそのまま食堂へと向かう。

公爵様の跡を継ぐのはまだ先のため、アーサー様は王都で社交の場に出ながら公爵様の手伝いや勉強を続けている。社交シーズンが終われば、二人で領地へ行く予定だ。

公爵様もベアトリス様もずっと領地におり「新婚なんだから、少しでも二人きりで過ごしたいだろう」と言って、気を遣ってくださっているようだった。

だからこそ、結婚してもうすぐ二ヶ月が経つけれど、この広い屋敷でずっと二人きりで過ごしている。使用人達まで気を遣ってくれていて、正直少しだけ恥ずかしい。

「お待たせ、アリス」

やがて着替えを済ませたアーサー様がやってきて、向かい合って座り、食事を始める。

「アリスは今日、どう過ごしていたの？」

「今日はオフィーリアが来てくれて、庭でお茶をしていました。殿下との婚約披露パーティーは来月行われるようですよ」

「そうなんだ。殿下が近いうちにいい知らせがあると言っていたけれど、それのことかな」

「ふふ、先に話してしまいましたね」

オフィーリアと殿下も、順調に愛を育んでいるようだった。近いうちに四人で出かける約束もしており、とても楽しみだ。

「そう言えば、ライリーも婚約が決まったらしいよ」

「えっ、そうなんですか？」

「うん。二つ下の伯爵令嬢らしくて、ぜひ俺やアリスにも紹介したいって」

「ぜひお会いしたいです……！」

どうやらとても素敵な方らしく、ライリー様も婚約には乗り気のようで。ノア様が「ずるい」と言うのが想像できて、思わず笑みが溢れた。

「明日は午後から時間ができそうだから、アリスさえよければ一緒に出かけようか」

「はい、ぜひ。楽しみにしていますね」

それからは明日どこへ行こうかと話しながら、楽しい夕食の時間を過ごした。

◇◇◇

寝る支度を済ませたわたしは、寝室であるアーサー様の部屋へと向かっていた。

ノックをして中へと入ると、彼はソファに座り仕事に関する資料を読んでいるようで。そっとその隣へと腰を下ろすと、それだけで「可愛すぎる」と言って、アーサー様は微笑んだ。

「眼鏡、似合いますね」

「本当に？」

「はい、とても素敵です。緊張しちゃうくらい」

「ありがとう、嬉しいよ。視力が落ちて良かったかもしれない」

「もう」

最近、アーサー様は少しだけ視力が落ちてしまったようで、書類仕事をする際には眼鏡をかけるようになったのだ。

彼ならば何でも似合うとは思っていたけれど、まさかこれほど素敵だとは思わなかった。

わたしは元々眼鏡好きというわけではなかったけれど、彼を見ているうちに一気に好きになってしまった気がする。

「そんなに見つめられると、照れるな」

「本当に本当に、アーサー様の眼鏡姿が好きなんです」

「一生掛けたままでいようかな」

「ふふ」

顔を見合わせて笑うと、アーサー様は手元の資料をテーブルに置き、ゆっくりと眼鏡を外した。

「度数も低いから、あまり酔わないと思うんだ。少しだけ掛けてみてほしいな」

「わたしがですか？」

「うん。アリスが掛けているところ、見てみたい」

「分かりました」

彼から眼鏡を受け取り、そっと掛けてみる。わたしは視力は良いため、こうして眼鏡を掛けるのは生まれて初めてだった。

掛けてみるとほんの少しだけ視界がぼやけたけれど、彼の言う通り酔うほどではなさそうだ。

そうしてアーサー様の方を向いてみると、しばらく無言だった彼はやがて口元を手で覆った。

「……想像していた数倍、数十倍かわいい」

「えっ？」

「ぐっときた」

そんな言葉と同時にアーサー様の整いすぎた顔が近づき、気が付けば唇を奪われていた。唇が離れた後も、彼は至近距離でわたしをじっと見つめている。

「アリスがあんなにも眼鏡姿を好きだと言ってくれた意味が、ようやく分かったよ」

「そ、そうですか……？」

「うん。明日、度の入っていない眼鏡も作りに行きたいくらい」

思わず笑ってしまったものの、アーサー様がこんなにも喜んでくださるのなら、たまに眼鏡を掛けてみるのも良いかもしれない。明日、似合うものを選んでもらおうかなと思っていると、ほんの少しだけアーサー様が眠そうなことに気が付いた。

昨晩も遅くまで仕事をしていたようだから、今日は早めに眠った方がいいだろう。

「そろそろ寝ますか？」

「うん、そうしようかな。思っていたよりも疲れているみたいだ」

「分かりました」

そうして手を引かれ、二人でベッドへと向かう。並んで横になると、アーサー様はベッドの側の小さな明かりのみを灯した。

こうして一緒に眠るようになって二ヶ月近くが経つというのに、こうして一緒にベッドに入ると、やはりまだ落ち着かない気持ちになる。

そんなわたしを見てアーサー様はくすりと笑うと、そっと頬を撫でた。

「今日は何もしないから、そんなに緊張しないで」

「は、はい」

「それとも、何かしてほしかった？」

「もう、意地悪です」

「ごめんね、アリスがあまりにもかわいいから。おやすみ」

「おやすみなさい」

よほど疲れていたのか、それからすぐにアーサー様は眠ってしまったようで、規則正しい寝息が聞こえてくる。

まだ寝付けそうにないわたしは彼の寝顔を見つめながら、結婚後初めて一緒に眠った日のことを思い出していた。

◇◇◇

「アリス様のご友人の、オフィーリア様がご用意なさったと聞きました」

幸せいっぱいの結婚式を終え、屋敷に戻ってきたわたしはすぐに大勢のメイドに囲まれ、お風呂で丁寧に磨きあげられ、保湿をされ、マッサージをされて。いつもとは違う念入りな手入れに、今からのことをつい考えてしまっては、恥ずかしさに耐えきれず両手で顔を覆い続けていた。

そしてようやく肌の手入れが終わった頃、メイドが持ってきたのはレースが贅沢に使われたネグリジェだった。色もデザインもとても可愛くて素敵だけれど、ただ、透けている部分が多い。

「こ、こんなものを着るの？」

「あの、こういう時は、これを着るのが普通なの……？」

「ええ。前に勤めていた屋敷の奥様は、この倍は透けているものを着られていましたよ」

「ええっ……」

わたしが知らなかっただけで、どうやらこれが普通らしい。何より、オフィーリアが用意してくれたものなのだ。顔から火が出そうになりながら、ネグリジェに袖を通す。

それからはうっすらと化粧を施され、髪も丁寧に乾かされ、梳かれて。しっかりと支度を終えた後、メイド達に笑顔で送り出されてしまった。

緊張で死にそうになりながら、上着を羽織りアーサー様が待つ部屋のドアをノックする。

「ア、アリスでち」

すると、あまりに緊張しているせいで、自分の名前すら噛んでしまって。すぐにドアが開いたかと思うと、笑いを堪えている様子のアーサー様が出迎えてくれた。

思い切り噛んでしまったのが、しっかり聞こえていたらしい。

「待ってたよ。そんなに緊張しないで」

「す、すみません」

「謝らないで。どうぞ」

「失礼、します……」

当たり前のように手を繋がれながら、室内へと入っていく。そうしていつものようにソファへ並んで座ると、アーサー様は美しい二つの碧眼でわたしを見つめた。

「…………」

「…………」

けれど何も言わない彼を前に、やはりわたしにはこのネグリジェは似合わなかったのかもしれないとか、アーサー様はもっと清楚なものが好きなのかもしれないとか、不安になってしまう。

「あ、あの、変ですか……？」

やがて恐る恐るそう尋ねると、アーサー様はハッとしたように「ごめんね」と呟いた。

「アリスがあまりにもかわいいから、見惚れてしまって」

「それなら、良かったです」

どうやらお気に召していただけたようで安堵したものの、緊張は大きくなっていくばかりで。

そんなわたしの気持ちを見透かしたように、アーサー様は優しく手を握ってくれた。

「今日は人生で一番、幸せな日だったよ。ありがとう」

「わたしもです。こちらこそ、ありがとうございます」

「本当にアリスの夫になれたんだと思うと嬉しくて、ずっと浮かれているんだ」

夫という言葉に、心臓が大きく跳ねた。アーサー様の妻になったという実感が今更じわじわと湧いてきて、顔が熱くなっていく。

「俺は、間違いなく世界一幸せだ」

アーサー様はまるで壊れ物を扱うかのように、そっとわたしの頬に触れた。

「アリス、好きだよ」

「わたしも、アーサー様が大好きです」

「ありがとう。キスしてもいい？」

「は、はい」

数度の触れるようなキスだけで、身体が強張ってしまう。

「顔、真っ赤だよ」

「とても緊張してしまって……ごめんなさい、アーサー様みたいに落ち着きたいのに」

「俺も緊張してるから、安心して」

アーサー様はわたしの手を取ると、そのまま自身の胸へとあてた。とくとくと、想像していたよりもずっと速い鼓動が伝わってくる。

いつもと変わらない様子に見えたけれど、彼もまた緊張しているようだった。

「必死に平静を装っているけど、どうしようもないくらい落ち着かないんだ」

「少しだけ、安心しました。わたしだけじゃなかったんですね」

「十年以上想い続けた女性を抱くのに、緊張しないと思う？」

「……っ」

こうして言葉にされると、余計にドキドキしてしまう。

もちろん、緊張も不安も恐怖もある。それでも「嬉しい」や「幸せ」の方が大きいことにも、気が付いていた。

「……アーサー様、大好きです」

そんな気持ちを少しでも伝えたくて、必死に勇気を出して自ら唇を寄せてみる。すると触れるだけの軽いものだったはずが、いつの間にか後頭部を押さえられ、深いものへと変わっていく。

やがて解放された後、酸素不足でくらくらとしているわたしに、アーサー様は何故か「ごめんね」と言うと、今度は額にそっとキスを落とした。

「移動しようか」

アーサー様は軽々とわたしを抱き上げると、そのままベッドへと向かう。ふわりと下ろされるのと同時に、再びキスをされながらゆっくりと押し倒されていく。

アリス、と何度も愛おしげに名前を呼ばれ、幸福感で全身が満たされる。

「愛してる」

わたしは小さく頷くと、そっと瞳を閉じた。

◇◇◇

「おはよう」

「……おはよう、ございます」

翌朝。結婚式の日を思い出しているうちに、わたしはいつの間にか眠ってしまっていたらしい。

気が付けばカーテンの隙間からは朝日が差し込み、すぐ目の前には寝起きとは思えないほどに爽やかな、アーサー様の笑顔があった。

「よく眠れましたか？」

「うん、疲れもしっかり取れたよ」

「良かったです」

その顔色も、昨日よりもずっと良さそうでほっとする。

「まだアリスとこうしてゆっくりしていたいけど、午前中は用事があるから起きないと」

軽くわたしの額にキスを落とすと、アーサー様は身体を起こした。わたしも起きようとしたけれど、アリスはもう少しゆっくりしていて大丈夫だよ、と言われてしまって。

ほんの少しだけ、まだ眠たいのがバレていたらしい。

「昼には戻ってくるから、出掛ける支度だけしておいて」

「はい、分かりました。お仕事頑張ってくださいね」

「ありがとう」

そう言って、アーサー様は部屋を出て行こうとしたけれど。彼はすぐに「ああ、そうだ」と何かを思い出したように、足を止めた。

「今夜はあまり寝かせてあげられないかもしれないから、今のうちにゆっくり休んでおいてね」

「……っ」

結局、そんな言葉のせいでゆっくり休むことなんてできなかった。

最初で最後

「それでは、行ってきますね」

「ああ。気をつけて」

「はい、なるべく早く帰ってきます」

玄関まで見送りにきてくださったアーサー様に軽くキスを落とされたわたしは、軽く手を振った後、一人馬車へと乗り込んだ。

今夜はリリーのお父様である、クラーク伯爵主催の夜会に招待されているのだ。

アーサー様と結婚しグリンデルバルド公爵家の人間となってからというもの、わたしは今まで以上に社交の場での立ち振る舞いには気を付けていた。

今日も馬車に揺られながら、改めて気合を入れる。

「アリス、ようこそ。来てくれてありがとう」

到着後、挨拶回りを終えたわたしはリリーと共に過ごしていたのだけれど。

「あら、アリス様じゃない！　こちらで一緒にお話ししましょう？」

背中越しに声を掛けられ、振り返った先にいたのは同じ学園出身であり、侯爵令嬢でもあるベリンダ様だった。どうやら彼女はかなり酔っているらしく、その顔は赤い上に瞳もとろんとしている。

わたしの知る彼女は物腰が柔らかく、どちらかというと大人しいイメージだったものの、今日の彼女は何だかやけに明るく、無理をしているようにも見えた。

「ふふ、結婚、おめでとうございます」

「ありがとうございます」

「本当に、羨ましいわ……」

彼女はそう言うと、ぐびっと一気に手元のシャンパングラスの中身を呷った。そしてまたすぐに、近くにいた給仕に空になったグラスにお酒を注ぐよう声をかけている。

こんなペースで飲んでいては、酔ってしまうのも当たり前だろう。

「あの、大丈夫ですか？」

「……え、ええ」

ベリンダ様とずっと一緒にいたらしい令嬢の顔色はかなり悪く、どうやら酔いが回り具合が悪くなってしまっているらしい。

休憩室で休むよう声を掛けると、ベリンダ様は今にも泣き出しそうな表情を浮かべた。

「彼女がいなくなってしまうと、寂しいわ……」

真っ青な顔をしている彼女は確か、ベリンダ様と仲の良い令嬢だったはずだ。ベリンダ様のペースに合わせているうちに、無理をしてしまったのだろう。

「わたしが一緒にいますから、大丈夫ですよ」

今にも倒れそうな令嬢をリリーに頼むと、わたしはベリンダ様と向き直った。彼女は嬉しそうに微笑み、シャンパンの入ったグラスを手渡してくる。

しゅわしゅわと小さな泡が弾けていくのを眺めていると、やがて「乾杯」と言ってグラスを差し出された。どうやら今日の彼女は、どうしても誰かと飲みたい気分らしい。

「アリス様、飲まないんですか？」

「……いただきます」

とっくにお酒を飲める年齢だというのに、わたしは一度もアルコールを摂取したことがなかった。どうやらアーサー様はお酒が嫌いなようで、一切飲まないのだ。そんな彼を見ていたからこそ、わたしもなんとなく飲まないようにしていた。

とは言え、いい機会かもしれない。そう思い恐る恐るグラスに口をつけて喉に流し込めば、冷たいのに熱いような、不思議な感覚がした。味は思ったよりも飲みやすくて、驚いてしまう。訳もわからずについ一気に飲み干してしまったところ、「アリス様はお酒がお好きなんですね」なんて言われてしまった。

「もう一杯いかが？」

いかが、なんて口では尋ねているものの、すでにわたしの手元にあるグラスには、シャンパンがなみなみと注がれている。

それからはお酒を片手に、ベリンダ様の話を聞いていたのだけれど。

「……それでね、彼ったら私を捨てて、他の女と駆け落ちしてしまって」

「そんな……」

どうやら彼女は数日前、愛する婚約者に裏切られてしまったらしい。こうしてお酒にも逃げたくなるのも当たり前だと、わたしまで泣きたくなってしまっていた。

わたしがもしアーサー様に裏切られてしまったら、きっと二度と立ち直れないだろう。少し想像するだけでも、胸が張り裂けそうになる。

やがて戻ってきたリリーと共に、ぽろぽろと涙を流し始めた彼女を連れて別室へと移動した。

リリーにも事情を説明したところ「最低な男のことなんて忘れて、今夜はとことん飲みましょう！　付き合うわ」と言って、ベリンダ様の手をきつく握っている。

かなりお酒に強い彼女がいれば安心だと思い、わたしも頷いたのだった。


「男性なんて星の数ほどいるんですから。私と一緒に、素敵な男性を探しましょう」

「ええ、ええ。そうしましょう」

そうして二時間が経つ頃には、リリーとベリンダ様はかなり意気投合したようで。涙も止まり、前向きな様子の彼女にほっとしながら、わたしはちびちびとお酒を飲み続けていた。

「アリスは白ワインが好きなのね」

「ええ、こんなに美味しいとは思わなかったわ」

「それは良かった。まだまだあるわよ」

それからも三人で話をしているうちにベリンダ様はソファで眠ってしまい、今夜はクラーク伯爵家で責任を持って面倒を見るとリリーは微笑んだ。

やがて彼女を客間へと運ぶと、わたしもそろそろ帰ることにした。思ったよりも遅くなってしまったため、きっとアーサー様も心配していることだろう。

「アリスは大丈夫？　かなり飲んでいたみたいだったけれど」

「ええ。ほんの少しふわふわするくらいだから大丈夫よ」

「良かった。でもアーサー様に申し訳ないし、送っていくわ」

大丈夫だと断っても「いいから」と言うリリーのお言葉に甘え、わたしは公爵邸へと向かう馬車に乗り込んだのだった。

◇◇◇

「おかえり。……アリス？」

「アーサー様、大変申し訳ありません」

とある夜会に参加していたアリスの帰宅を知らされ、すぐに玄関へと出迎えに行ったところ、リリー嬢に支えられる彼女の姿があった。その顔は赤く、目もほとんど開いていない。

まさか熱でもあるのだろうかと慌てて駆け寄れば、甘い彼女の香りと共にアルコールの匂いがした。

「……もしかして、酒を飲んだ？」

「はい」

「どれくらい？」

「わりと、かなり……」

そんな言葉に、眩暈がした。まさか彼女がこうして、酒を飲んでくるとは思わなかったのだ。

今まで一度も口にしたことがないからと言って、完全に油断していたことをひどく悔いた。

彼女を抱き抱えて寝室へと向かいながらリリー嬢に話を聞いたところ、どうやら婚約者に裏切られたとある令嬢を慰めながら、別室にて酒を飲んでいたらしい。

ずっといつも通りの様子だったようで安心していたものの、帰りの馬車の中で急に酔いが回ってしまったようだった。

俺が心配していた事態にはならず、アリスが楽しく過ごせたのなら良かったと、ここまで送ってくれたリリー嬢に礼を伝える。

彼女は最後まで申し訳なさそうな表情を浮かべており、「今後は絶対にアリスにお酒は飲ませません」と言ってくれ、むしろ都合が良かったと俺は微笑んだ。

「アリス、大丈夫？」

「うん」

どうやら彼女は、酔うと時折敬語が抜けるらしい。なんだか新鮮で、とても可愛い。

そっとベッドの上に下ろせば、アリスはふにゃりと幸せそうに笑った。ただ酔いが回っているだけで、体調は悪くないようで安心する。

「もう二度と、俺のいないところで酒は飲まないでね」

「はい、ごめんなさい」

「いい子だね。とにかく、今日はもう休んだ方がいい。俺は水をとってくるから、少し待ってて」

そして背を向けた瞬間、シャツをくいと引っ張られて。振り返れば、アリスが裾を掴んでじっとこちらを見つめていた。

赤らんだ頬と潤んだ瞳による上目遣いは、反則だと思えるくらいに愛らしい。

「……アリス？」

「アーサー様、どこにもいかないで」

「わかったよ。どこにも行かないから、安心して」

そう返事をすればアリスはほっとしたように微笑み、あまりの可愛さに心臓が大きく跳ねた。いつも可愛いけれど、まるで子供のように甘えてくる様子は、ぐっとくるものがある。

「他に俺にしてほしいことはある？　何でもするよ」

そんな彼女を、もっと甘やかしてあげたくなってしまう。アリスはしばらく何かを考えるような様子を見せていたけれど、やがて口を開いた。

「きがえたい」

「……それは、そうだね」

想像していたお願いとはかなり違ったものの、確かに彼女は夜会用のドレスを着たままなのだ。かなり息苦しいに違いない。

とは言えメイドは皆もう休んでいる時間で、俺しか彼女を着替えさせられる人間はいない。

理性が飛びそうになるのを必死に堪えながら、なるべく彼女の方を見ないようにして着替えをさせていると、彼女は「本当にありがとうございます。感謝しています」とやけに丁寧なお礼を言い出したものだから、思わず笑ってしまった。

「他には、何かある？」

「手、つなぎたい」

「もちろん。どうぞ」

そうして手を差し出せば、アリスは両手でぎゅっと俺の手のひらを握りしめ、にこにこと嬉しそうに微笑んでいる。なんて可愛い生き物なんだろうか。

調子に乗った俺は、「他にも、何でもお願いを聞くよ」と声を掛ける。するとアリスは今度は「しりとりをしたい」なんて言い出し、またもや笑ってしまう。

するとと、どうして笑うの、と怒られてしまって。俺は慌てて謝ると、必死に笑いを堪えた。

「では、アリスからどうぞ」

「いちご」

「ゴール」

「さかな」

「……ナッツ」

「ゆびわ」

「…………？」

どうやら俺の知っているしりとりとは、ルールが違うらしい。何度やってみても規則性がわからず、「アーサー様の負け」と言われてしまう。訳がわからないものの、アリスが楽しそうならば、俺は何でも良いのだ。

それからも彼女が寝付くまで「キスをしてほしい」「歌をうたいたい」といった予想もつかないお願いを、俺は楽しく聞き続けたのだった。

◇◇◇

「おはよう、アリス。具合はどう？」

「…………？」

朝目が覚めると、すぐ目の前にはアーサー様の整いすぎた顔があった。いつも通りの景色ではあるものの、ひとつだけ違うのは、昨晩の記憶がさっぱりないことだろう。今着ている服に着替えた記憶すらない。

クラーク伯爵家からリリーと共に馬車に乗ったところまでは覚えているけれど、そこから先の記憶はぱったりと途絶えていた。嫌な予感しかしない。

「ええと、わたし……」

「昨日のアリスは、とても可愛かったよ」

そうして、やけに楽しそうな様子のアーサー様から全てを聞いたわたしは、あまりの恥ずかしさと申し訳なさで、穴があったら一生入っていたくなった。布団を被り、彼の顔さえ見れなくなる。

アーサー様に着替えまでお願いした挙句、ひたすら訳のわからないお願いをし続け、最終的には歌まで歌っていたなんて、信じたくもない。

しかも子供が歌うようなものばかりだったようで、余計に恥ずかしさが増していく。

「ほ、本当に、ごめんなさい。どう謝ったらいいのか……」

「俺は楽しかったし、気にしないで。可愛すぎてどうしようかと思ったくらいだ。ただ心配だから、俺の前以外では酒を飲まないって約束してくれる？」

「もちろんです。むしろ一生、お酒は飲まないと約束します。本当にすみませんでした」

アルコールの恐ろしさを身を以って知り、二度と飲まないことを決意した。お酒で人が変わることはあると聞いていたけれど、まさか自身が子供のようになってしまうなんて、と頭を抱える。

大好きなアーサー様に醜態を晒し、泣きたくなった。

「……あの、本当に少しくらい、わたしのことが嫌になったりしていませんか？」

「そんなことはないよ。どうして？」

「ご迷惑をおかけしましたし、アーサー様はお酒が嫌いなのかと思っていたので」

恐る恐るそう尋ねると、アーサー様は少しだけ驚いたように瞳を見開いた後、何故か眉尻を下げ、困ったように微笑んだ。

「ごめんね、そういうわけじゃないんだ。元々、酒も嫌いじゃないよ。むしろ、昨日で少し好きになったくらいだし」

「………………？」

「今度、俺の部屋で二人きりで飲むのはどう？　可愛いアリスの歌、また聴きたいな」

「え、遠慮、しておきます」

そう返事をすれば、アーサー様は「残念」なんて言って笑っている。

その後、意味不明すぎるしりとりの話について詳しく聞いたわたしは恥ずかしさに耐えきれなくなり、絶対に一生お酒は飲まないと、固く固く誓ったのだった。

嫉妬

「ねえアリス、花祭りに行かない？」

ある日の昼下がり、公爵邸へと遊びにきていたオフィーリアはそう言って、ティーカップ片手に微笑んだ。誰よりも美しい彼女の右手の薬指には、殿下から頂いたという指輪が輝いている。

今日、王都で花祭りが行われていることは知っていたけれど、まさかこんなにも突然、オフィーリアから誘われるとは思っていなかった。

「ええ。ディラン様とアーサー様も参加しているようだし、私は一度も行ったことがないから行ってみたくて」

ずっと他国にいたオフィーリアは、花祭りがどんなものなのか見てみたいようだった。わたしも子供の頃に行った以来で、ぼんやりとしか記憶はないものの、とても楽しかったような気がする。

花祭りに合わせてウェルベザを訪れている隣国からの賓客の対応のため、アーサー様も朝から出かけていた。詳しくは聞いていなかったけれど、どうやら殿下も一緒らしい。

わたしもぜひ行きたいと返事をすれば、彼女は嬉しそうに顔をほころばせた。

「アリスも公爵家に嫁いで、色々と大変なこともあるでしょう？　今日は気兼ねなく遊べるように、平民の服装をして行くのはどうかしら？　もちろん腕の立つ護衛は連れてきているから、安心して」

「とても楽しそうだわ。でも、そんな服があったかしら」

「もちろん二人分持ってきているから、安心して」

準備の良すぎる彼女に笑ってしまいつつ、わたし達は早速支度を始めたのだった。

「アリス、すごく可愛いわ。よく似合ってる」

「ありがとう。オフィーリアも似合っているけれど、やっぱり平民には見えないわ」

それから一時間後、支度を終えたわたし達は王都の街中へと向かう馬車に揺られていた。

彼女が持ってきてくれた服に着替え、ゆるい三つ編みをしてみたところ、わたしはどこからどう見ても平民の学生のようだった。悲しいくらいに貴族感は消えている。

一方、髪を一つにまとめたオフィーリアは、わたし以上に落ち着いた色の地味な服装だというのに、高貴なオーラが隠し切れていなかった。誰がどう見ても、良いところのお嬢様だ。

「これならどう？」

「大丈夫そうだわ。オフィーリアったら、準備が良すぎない？」

そう言って彼女が取り出したのは、分厚い眼鏡で。流石にそれを掛けたところ、一気に印象が変わり、この姿のわたしと一緒に街中を歩いても違和感がない姿になっていた。

「見て！　すごく綺麗よ」

「本当ね。皆とても楽しそうだわ」

窓からは沢山の花々で彩られた色鮮やかな街並みが見えてきて、胸が弾む。到着後、馬車から降りたわたし達は手を繋いで、街中を歩き始めた。

沢山の人や出店で賑わっている大通りは、歩いているだけでもワクワクしてしまう。途中、オフィーリアとお揃いの生花の髪飾りを買い、身に付けた。

「アリス、とても可愛いわ」

「ありがとう。オフィーリア、本当にずっとその眼鏡を着けたままなの？」

「ええ。声を掛けられるよりは、変な姿で目立つ方がマシだもの」

そうはっきり言ってのけた彼女が、社交の場では常に男性から声を掛けられ、うんざりしていたことも知っている。オフィーリアほどの美人ならば、苦労も多いのだろう。

けれど殿下の婚約者となった今は、誰一人声を掛けて来なくなり快適だと笑っていた。

それからは色々な出店を覗き買い物をしながら、人々の流れに乗り、広場へとやって来た。中心には大きな舞台が設置されており、踊りや歌などが披露されている。そんな中、舞台近くの席に見覚えのある金色を見つけた。

「ねえオフィーリア、あれってアーサー様よね？」

「そうみたい、だけど……」

やがて彼女の言葉尻が途切れた理由を、わたしはすぐに理解した。

アーサー様の隣には、美しい女性の姿があったからだ。その身なりからは、かなりの上位貴族であることが窺えるけれど、初めて見る顔だった。

「……誰かしら、あれは」

そう言って目を細めたオフィーリアは、怒っているようで。改めて二人へと視線を戻せば、舞台を見て楽しそうに笑う女性が、さりげなくアーサー様の腕に触れたのが見えた。

そんな様子を見ていると、胸の奥がもやもやとしてしまう。

「アリス、大丈夫？」

「ええ。きっと、大切なお客様でしょうし」

よくよく見てみると、女性の服装はこの国のものではない。花祭りには他国からの賓客も来ることは知っていたし、彼がその対応のために呼ばれていたことも知っている。

あの女性に気に入られたらしい彼が、立場上色々と断れない状況にあることは、簡単に予想がついたけれど。

「………」

見ないようにしようと思っても、ついつい二人の方を見てしまう。気にしないようにしようと思っても、そのことばかりを考えてしまう。

日頃、アーサー様が他の女性を寄せ付けないようにしてくださっているお蔭で、今まで他の女性に対して嫉妬する機会などほとんど無かったのだ。

誠実な彼に感謝しつつ、やはり二人の姿を見てはむかむかしてしまう。

やがて女性が呼ばれ彼の元を離れたことで、ようやくわたしはほっと息を吐いた。

「そろそろ街中へ戻る？　少しお腹が空いたわ。何か美味しいものを探しにいきましょう」

そんなわたしを見て、気を遣ってくれたのだろう。オフィーリアの言葉に甘えて、再び大通りへと向かおうとした時だった。

ふと顔を上げれば、かなり遠くにいるアーサー様とばっちり視線が絡んだ。

大勢の人がいる上に、今のわたしは地味な平民姿なのだ。きっと勘違いだろうと思ったものの、彼の形の良い唇がわたしの名前を紡いだのが分かった。

やがて彼は、まっすぐにこちらへと向かってやって来る。隣にいるオフィーリアも、まさか気付かれるとは思っていなかったようで、驚いている様子だった。

「……アリス？　どうしてここに」

そして目の前まで来ると、アーサー様は戸惑ったようにわたしの名を呼んだ。

「こんにちは、今日は私が誘ったんです」

「そうだったんだ。殿下ならあちらに居ますよ」

そう言ったアーサー様の視線を辿れば、少し離れた場所からこちらに向かって手を振っている殿下の姿があった。

オフィーリアは静かに眼鏡を外すと、殿下に向かってこっちへ来いと言いたげに手招きをした。殿下は驚いたように瞳を見開くと、すぐにわたし達の元へと来てくださった。

「おや、とんでもない美女がいるかと思えば、我が婚約者殿じゃないか」

「ごきげんよう、ディラン様」

「ああ。それにしても二人とも怖い表情をしているが、どうしたんだ？」

「単刀直入にお聞きしますが、先程アーサー様にベタベタしていたあの女性はどなた？」

そんな彼女のストレートすぎる問いを受けて、二人はひどく気まずそうな表情を浮かべている。アーサー様は珍しく少し焦ったような様子で、片手で目元を覆った。

「もしかして、ずっと見てた？」

「……はい」

思ったよりも暗い声が出てしまい、自分でも驚いてしまう。

「アリス嬢、すまない。アーサーは悪くないんだ。俺を殴ってくれ」

「私が殴りましょうか」

「はは、本気で殴られそうだ。恐ろしいな」

わたし以上に怒ってくれているらしいオフィーリアは、今にも殿下を本気で殴りそうだ。

「アリス、本当にごめんね。許してほしい」

「どうしても今日は、あの王女を楽しませなければならなかったんだ。かなりの面食いだと聞いていて、顔の良い男は揃えていたつもりだったんだが、やはりうちのアーサーには敵わなくてな」

どうやら先程の女性は、ティナヴィアとはまた別の隣国の王女様だったらしい。確かにあの雰囲気は、王女様と言われても納得だった。

そして殿下の説明もかなり納得のいく、仕方ないものだった。アーサー様が誰よりも素敵なのは事実だし、その状況ならば王女様を無下にすることなどできないだろう。

わたしは「もう謝らないでほしい」と伝えると、何とか笑みを浮かべた。

「本当にすまなかった。アーサーのお蔭で無事に目的は達成したし、もうアリス嬢と一緒に帰ってもらって大丈夫だ。オフィーリアは私と帰ろうか」

「分かりました」

「ごめんね、アリス。一緒に帰ってくれる？」

アーサー様が悪くないのは分かっている。それでも、ほんの少しだけ拗ねたくなってしまう。

とりあえずこくりと頷けば、アーサー様はホッとしたように微笑み、わたしの手を取った。

「アリス、今日はありがとう。とても楽しかったわ」

「こちらこそ。来年も一緒に来ましょうね」

「ええ、もちろん」

そうして二人と別れ、わたし達は彼が用意していたらしい馬車へと乗り込んだ。当たり前のように並んで座り、馬車に揺られていく。

「…………」

「…………」

何とも言えない沈黙が流れ、やがて先に口を開いたのはアーサー様の方だった。

「アリス、ごめんね。怒ってる？」

「怒ってはいません。少し拗ねているだけです」

実際、仕事で隣に座って一緒に舞台を見ていただけなのだ。軽いボディタッチはあったものの、アーサー様に対して怒るようなことではない。それでも、やはり嫌なものは嫌だった。

正直な気持ちを伝えたところ、アーサー様は「かわいい」なんて言い、口元を手で覆った。

その顔は、ほんのりと赤い。

「嫉妬してくれたの？」

「……だって、アーサー様は、わたしの旦那様なのに」

そう呟けば、すぐにきつく抱きしめられてしまう。

「ごめんね。どうしよう、すごく嬉しい。ごめん」

「わたしこそ、心が狭くてごめんなさい」

「そんなことはないよ。本当にごめんね。もう絶対にしない。逆の立場だったら相手が他国の王族でも、絶対に俺は割り込んで行っていたと思う」

そんなことを言うアーサー様はどうやら本気のようで、拗ねていた気持ちも吹き飛んでしまう。やがて彼は、わたしの三つ編みの片方を手に取った。

「それにしても、アリスは何を着ても似合うね。かわいい」

「本当ですか？」

「うん。最初に遠目で見つけた時、とても可愛い女性がいると思ったんだ。アリス以外の女性に対してそう思うのは生まれて初めてで、最低だと思っていたらアリス本人で安心したよ」

「……もう」

やはりそんなことを、彼は本気で言っているようだった。そもそも、あれだけの人がいる中で地味な姿をしたわたしを遠目から見つける彼に対して、驚きを隠せない。

それを伝えたところ、アーサー様はそんなことか、とでも言いたげに微笑んだ。

「俺は、アリスを探すのが得意だから」

彼から何度も言われていたことだったけれど、どこにいてもどんな姿をしていても、すぐに見つかってしまうような気がする。

「そう言えばアーサー様、来週からお忙しいんですよね？」

「ああ、領地と王都を行き来することになりそうだ」

「分かりました。無理はなさらないでくださいね」

「ありがとう」

やがてアーサー様はわたしの手を握ると、小さく溜め息を吐いた。

「……仕事や社交の場に行く必要さえなかったら、俺は一生屋敷から出ずに、アリス以外とは会わない生活を喜んでするのに」

そんなことをさらりと言う彼に、あれくらいで嫉妬した先程の自分が恥ずかしくなった。

空回りの先に

ある日の仕事終わり、俺はライリーと彼の兄であるトレイシーと共に食事に来ていた。

常にアリスを最優先にしていたため、こうして友人とゆっくり食事をするのも久しぶりな気がする。ノアも誘ってはみたものの、忙しいようでまた次回との返事が来たようだった。

「ねえ、見るからに早く帰りたいって顔するのやめてくれない？　傷付くんだけど」

「そんなつもりはないよ。アリスには早く会いたいけど」

「アーサーのブレなさには、いつも感動すら覚えるよ」

「まあまあ、アーサー様は新婚なんだろう？　当然のことさ」

トレイシーは「羨ましいよ」なんて言い、ライリーの肩を叩いている。俺達の五つ上の彼は、幼馴染の侯爵令嬢と恋愛結婚して既に六年が経つという。

「本当に新婚の頃が懐かしいな。今はもう、甘い雰囲気になることなんて無いからね」

「夢が無いこと言うのやめてよ。僕だって婚約を控えているんだから」

「お前も覚悟をしておいた方がいいぞ。女性というのは、ある日突然冷めるんだからな」

そんな言葉に、少しだけひやりとしてしまった。アリスに限ってそんなことはないと分かっていても、多少は不安な気持ちになってしまう。

どうやらライリーも同じのようで、「じゃあ、どうしたらいいわけ？」と尋ねている。

「俺はまず、最初から間違えた」

「最初？」

「ああ。がっつきすぎた」

「あはは！　ねえ待って、初耳なんだけど」

ライリーは堪えきれないといった様子で笑っており、一方のトレイシーは苦笑いを浮かべていた。

「彼女のことが好きすぎる上に、浮かれた気持ちも相俟って、我慢が効かなくなったんだ。笑い事じゃないぞ。誰にだってあり得ることだからな」

「本当かなあ。アーサーなら流石にそんなことは無……アーサー？」

「…………」

「おーい、アーサー、大丈夫？」

「……すまない、少し考え事をしていた」

果たして、自分はどうだっただろうか。

ライリーは笑い飛ばしていたけれど、俺はアリスと結婚してからというもの、間違いなく浮かれきっていたように思う。

「それに、女性というのは毎日のように好きだ、可愛い、愛していると言うだけでは駄目らしい。従兄弟のマークも言っていたからこれは本当だぞ」

「あー、それは分かるかも。ワンパターンは良くないよね」

「ああ。言葉の重みがなくなる」

そして更に、そんな言葉が不安になり始めていた俺の心に突き刺さった。

ワンパターン。言葉の重みがなくなる。

今の俺は日に何度もアリスに対して愛を囁き、時間さえあれば彼女に触れている。自分でも、どうかしていると思うことすらあった。

まさに二人が言う通りの行動をとってしまっているような気がしてならない。

「男だって、飽きられるんだ。女性は追いかけられるより追いかけたいと言うしな」

アリスとの人生は、この先も何十年と続いていくのだ。確かにこのままでは、早々に飽きられてしまってもおかしくはない。

「女心、難しすぎない？　ね、アーサー」

「……ああ」

そんな曖昧な返事をしながら、俺は少し身の振り方を考えようと反省したのだった。

◇◇◇

「アリス、なんだか表情が暗いけれど大丈夫？」

「……何かあったというより、何もないというか」

「どういうこと？」

わたしの意味不明な返事に対し、オフィーリアは不思議そうに首を傾げている。

今日は彼女と共にとある夜会に参加しており、今は挨拶周りを終えたところだった。そんなにも暗い表情をしてしまっていたのだろうかと申し訳なく思いながら、差し出されたグラスを受け取る。

「もしかして、アーサー様と何かあった？」

「……とても恥ずかしい話なんだけれど、聞いてくれる？」

「ええ、もちろん。絶対に笑ったりしないと誓うわ」

「ありがとう」

オフィーリアの優しさに感謝しつつ、わたしは恥ずかしさを押さえつけ、口を開いた。

「……実はね、アーサー様に飽きられたかもしれないの」

そう言った瞬間、オフィーリアは思い切り吹き出した。

日頃、誰よりも淑女らしい言動をしている彼女のそんな様子は、初めて見たような気がする。

「ひ、ひどいわ！　絶対に笑わないって言ったのに」

「待って、ごめんなさい。でも私は悪くないと思うの。そんな話、笑わない方が無理よ」

オフィーリアは謝りながらも、まだ笑い続けている。本当にひどい。

「あのアーサー様がアリスに飽きるなんて、あと百回同じ人生を繰り返してもあり得ないって、まだ付き合いの短い私でも分かるわよ」

「でも……」

「ねえ、どうしてそう思ったの？」

涙目にまでなっている彼女は、指先で目元を拭っている。

「……最近、全然好きだと言ってくれなくなったし、その、あまり触れてくれなくなって」

そう、ここ最近のアーサー様はわたしに対して、あまり好きだと言ってくれなくなった。今までは毎日、朝から晩まで顔を合わせる度に言ってくれていたというのに。キスだって毎日していたのに、今週は頬に一度されたきりで。それ以上のことだって、もちろんなくなっていた。

本当に突然のことで原因も思いつかず、色々と考えた結果、飽きられてしまったのではという結論に至ったのだ。

アーサー様はいつもと変わらずにわたしを妻として大切にしてくれているけれど、やはり不安になってしまう。もしかすると、女性として見れなくなったのかもしれない。

「まあ、そうだったのね。一体、何が原因なのかしら」

「本当に、さっぱり分からなくて……」

「直接聞いてみたらいいじゃない」

「どうして好きって言ってくれないんですか、なんて、恥ずかしくて聞けないわ……」

そうして頭を悩ませているうちに、オフィーリアは知人に呼ばれてしまったようで、「また後で話しましょう」と申し訳なさそうに言う彼女を、笑顔で見送る。

わたしもどこかに混ざろうかと思っていると、背中越しに「アリス様」と声を掛けられた。

「こんばんは。お一人でしたら、私達と一緒にお話しませんか？」

「ありがとうございます。ぜひ」

そう言って、最近よく交流するようになった上位貴族の夫を持つ若い女性達の輪に入る。彼女達はいつもわたしに、とても良くしてくれている。

それからは五人で、お喋りを楽しんでいたのだけれど。

「まあ、そちらのお店はチェックしておりませんでした」

「マダム・ココの新商品もおすすめですわ」

「やはり良いんですね！　実は気になっていたんです。早速明日、取り寄せてみます」

四人の会話にわたしは全くと言っていいほど付いていけず、ひたすら聞き役に徹していた。

皆、美容やファッションに関しての知識が豊富で、向上心が高いことが窺える。

夫であるアーサー様が選び、贈ってくださるドレスやアクセサリーを身につけているだけのわたしとは、大違いだった。化粧品だって、メイドにお任せなのだ。

「皆様、本当にすごいです。わたし、何も知らなくて……」

「元々こういったことが好きなんです。それに、夫に飽きられてしまっては嫌ですから」

「ええ。外に愛人を作られても嫌ですもの」

そんな会話を聞き、わたしはひやりとしてしまった。

誠実なアーサー様のことだ、外に愛人を作るなんてことはないだろうけれど、飽きられてしまうということに関しては他人事ではない。むしろ今、ひしひしと感じていたことだった。

ここにいる女性達は皆とても美しいというのに、それでも納得せずに努力し続けている。彼女達を見習うべきだと、わたしはきつく手を握りしめた。

「あの、もっと教えていただけませんか？」

「もちろんですわ。アリス様は十分素敵ですが、絶対にもっと美しくなれますもの」

それから四人はわたしに、沢山のアドバイスをくれた。とても勉強になり、早速明日から実践してみようと必死に聞いたことを頭に叩き込んでいく。

そして、いつしか話題は美容に関する物から、夫婦生活へと移っていた。

「み、皆さま、そんなことを……!?」

「はい。これくらいは普通ですよ」

「ええ、妻の勤めですし」

想像を超えた過激な内容に、わたしは驚きを隠せずにいた。

常に受け身でアーサー様に甘えてばかりのわたしは、飽きられて当然だろう。もっと積極的に行動すべきだったのだと、全てに対して深く反省した。

今から頑張れば、きっとまだ間に合う。わたしはもっと女性らしさを磨き、積極的になるべきだ。

「……わたし、頑張ります」

そう言って気合を入れると、まずは明日、買い物に行くことを決意したのだった。

◇◇◇

最近、アリスの様子がおかしい。

「ただいま、アリス」

「アーサー様、おかえりなさい」

玄関で出迎えてくれた彼女にぎゅっと抱きつかれ、あまりの可愛さに眩暈がした。その上、彼女からはくらくらとするくらい、甘く良い香りがする。

最近のアリスは、以前よりも更に綺麗になったように思う。

そんなことを考えているうちに首元に腕を回され、次の瞬間には頬に柔らかい感触がして。

顔を真っ赤にしたアリスが、涙目になりながら俺を見上げていた。

そう、最近の彼女は、やけに積極的なのだ。トレイシーの話を聞いてからというもの、俺はアリスに対して以前よりも落ち着いた対応を心がけていた。

まさか早速、その効果が出ているのだろうか。

「ありがとう、嬉しいな」

落ち着け、と自身に言い聞かせながら笑顔を返した俺は、彼女と共に自室へと向かう。

ソファに腰掛けてネクタイを解いていると、アリスは俺のすぐ隣にぴったり腰を下ろした。

「今日は何をしていたの？」

「お買い物に行っていました」

「そうなんだ。欲しいものは買えた？」

「はい。化粧品を買ったんです」

これ以上可愛くなられては、正直困る。最近のアリスは、社交の場でも男性からの視線をかなり集めているのだ。もちろん俺の妻である彼女に、声を掛ける人間などいない。

それでも狭量な俺は、彼女が見られているだけでも腹が立ってしまう。

「早速付けてみたんですが、似合いますか？」

アリスはそう言って、自身の柔らかな唇を指差した。このまま噛み付いてしまいたい衝動を必死に抑えて、平静を装う。

「もちろん。よく似合ってるよ。かわいい」

「嬉しいです」

するとアリスは嬉しそうに微笑んで、俺の腕にぎゅっと抱きついた。

……やはり、落ち着くなんて無理かもしれない。妻があまりにも可愛すぎる。

そんなことを考えながら俺は小さく深呼吸をして、そっとアリスの頭を撫でた。

◇◇◇

「ま、全く効果がない……」

あれから、身だしなみにも気を遣い、頑張ってアーサー様に自分からくっついてみたりはしているけれど、アーサー様の態度に変わりはない。

絶望し始めていたわたしは今日、リリーと街中のカフェにてお茶をしていた。

「ふふっ、ちょっとやめてよ。何それ、新手の冗談？」

「もう、笑わないって言ったのに」

そしてオフィーリアと同様、リリーにも「飽きられたかもしれない」と相談したところ、思い切り笑い飛ばされてしまった。

ひとしきり笑ったあと、彼女は喉が渇いたなんて言い、ティーカップに口をつけた。

「でも、なんとなく原因は分かるような気がするわ」

「えっ、本当に？」

「ええ。解決法もね」

流石、私ともアーサー様とも付き合いが長いリリーだと思いながら、次の言葉を待つ。

「色仕掛けをすればいいのよ」

「い……？」

「襲ってみなさい。そうしたら、きっといつも通りのアーサー様に戻るはずよ」

「お、おそ……」

色仕掛けなんて、できる自信がない。襲うだなんて、もっと無理な気がする。

けれど最早どうしたら良いのか分からなかったわたしは、「絶対に大丈夫だから」と胸を張って言い切るリリーを信じて、頑張ってみることにしたのだった。

◇◇◇

「アリス、ただいま」

「お、おかえりなさい、アーサー様」

仕事先からまっすぐに帰宅して自室へと向かうと、そこにはすでに寝る支度を済ませたらしいアリスの姿があった。遅くなるかもしれないから先に休んでいるよう言ってあったものの、どうやら俺を待って起きてくれていたらしい。

ベッドに座り読書をしていた彼女は、俺を見るなり嬉しそうに顔を綻ばせた。あまりの可愛さに、今日一日の疲れなど一瞬で吹き飛んでいく。

俺は上着をソファに掛けると、アリスの隣に腰を下ろした。

「待っていてくれたの？　ありがとう」

「はい。アーサー様と一緒に眠りたくて」

そう言ってすぐに、アリスははっとしたように自身の口元を手で覆った。

「あっ、あの、そういう意味じゃなくて……！　ごめんなさい」

「大丈夫だよ、分かってるから」

今日も俺の妻は、いい加減にして欲しいと思うくらいに可愛い。こんなにも可愛いのは、流石におかしいと思う。試されているとしか思えない。

そうして色々と葛藤しているうちに、突然アリスにとん、と肩を押された。

そのまま俺は、ベッドへ倒れ込む形になってしまう。

「……アリス?」

戸惑っているうちにアリスは何故か俺の上に乗り、その手は俺のシャツのボタンへと伸びていく。

真っ赤に頬を染め、震える手でボタンを外そうとしているアリスに、目の前の光景が果たして現実なのだろうかと、俺は自身の目を疑った。

「ご、ごめんなさい、やっぱりそういう意味、かもしれないです」

真っ赤な顔でそう言った彼女を見た瞬間、ぷつん、と何かが切れる音がした。

——ああ、もう、無理だ。

アリスへと手を伸ばし、彼女の後頭部を掴むとそのまま引き寄せ口付ける。やがて唇を離すと、泣き出しそうな表情を浮かべたアリスと視線が絡んだ。

どうして、そんな顔をしているのだろう。少しだけ冷静になった俺はアリスの手を取ると、ゆっくり身体を起こした。

「アーサー様……？」

「ごめんね。アリスが誘ってくれるのはすごく嬉しいんだ。でも、急にどうしたのかなって」

そう尋ねると、余計に彼女の瞳は潤んでしまう。

「ごめんなさい、わ、わたし、アーサー様に、飽きられたくなくて」

「……なんて？」

そして彼女の唇が紡いだ信じられない言葉に、今度は自身の耳を疑った。

「わたし、何でも受け身でアーサー様に甘えてばかりで……だから、飽きられるのも当然で」

「待って、アリス。俺が飽きたって、どういうことかな」

それから彼女を落ち着かせて話を聞いたところ、最近俺からの愛情表現が減ったことを気にして、飽きられたのではないかと不安になっていたようだった。

最近綺麗になったと思ったのも、それが原因で色々と気を遣っていたのが理由のようだった。

「アリス、本当にごめんね」

誰よりも大切な彼女にそんな心配をかけてしまっていたことに、深く反省した。

そうしてトレイシーから聞いた話が原因だと説明したところ、アリスはほっとしたような表情を浮かべ、両手で顔を覆った。その顔は、耳まで赤い。

「わたし、勘違いをして、なんてことを……」

どうやら先程、俺を押し倒したことを思い出して恥ずかしがっているらしい。

「俺がアリスに飽きるはずがないよ。そんなこと、一生ないから安心して」

「わたしだって、アーサー様に飽きるはずなんてありません」

「本当に？」

「はい。わたし、とても贅沢になってしまっていたみたいです。こんなことで不安になってしまって、本当にごめんなさい」

そんな彼女の言葉に、俺もまた安堵してしまう。

「これからはもう、我慢するのはやめるよ。今まで通り、アリスに好きだって毎日言うようにする」

「はい、ありがとうございます」

「ねえ、俺に触れられるのも嫌じゃない？」

そう尋ねれば、アリスは首を左右に振った。

「あの、わたしももっと頑張ります」

どうやら周りから色々な話を聞いて、彼女は自身が受け身だったことをかなり反省したようだった。もちろん俺はそんなことなど気にしていないし、恥じらうアリスも可愛いと思っているけれど。

積極的なアリスだって、見てみたいと思ってしまう。

「ありがとう。本当に頑張ってくれる？」

「は、はい」

こくこくと頷く可愛い彼女の手を取り、自身の胸元へと持っていく。

「それならさっきの続き、してくれる？」

「――――」

羞恥に耐えきれなくなったアリスが意識を失うまで、あと三秒。

世界が始まる一秒前

「アーサー様は制服、どうされましたか？」

「制服？」

「学園の制服が出てきたんですが、捨てるのもなんだか寂しい気がして……」

アリスはそう言って、クローゼットから今はもう懐かしさを感じる制服を取り出して見せた。

「俺もなんとなく捨てられずにいるよ。どこかにしまってあるんじゃないかな。もう二度と着ることはないのに」

「分かります。鞄なんかも捨てられずにいるんですよね。わたしもとりあえず、このまましまっておくことにします」

彼女はそう言うと制服をクローゼットに戻し、再び俺の隣に腰を下ろした。卒業してからまだ二年も経っていないのに、学生だった頃がかなり昔のことに思えてしまう。

「アリスの制服姿、また見たいな」

「えっ？」

「すごく好きだったんだ」

そう告げると、アリスは「アーサー様の制服姿も、とても素敵でしたよ」と言って、照れ臭そうに微笑んだ。

「……本当に、懐かしいな」

そんな彼女の肩に軽く頭を預けて目を閉じれば、学生時代の思い出が鮮明に蘇ってきた。

◇◇◇

「ふふ、リリーったら。わたしだって、たまには頑張るんだから」

少しふくれたような表情をする彼女が、あまりにも可愛くて。廊下でノアとライリーと立ち話をし適当な相槌を打ちながら、俺は少し離れた場所にいるアリスの横顔を見つめ続けていた。

友人と楽しそうに話をしている彼女は、今日は珍しく長い髪をひとつにまとめている。真っ白な首元を見ているだけで、心臓が大きく跳ねた。

「……本当に、我ながらどうかしてるな」

入学してからもう二年以上が経っていると言うのに、ただ彼女を探し、見つめるだけの日々。ストーカーと変わらないなと、自嘲する。

思わずそう呟けば、ライリーが「どうかした？」と首を傾げた。

「いや、何でもない。何の話だったかな」

「来月の剣術大会の話だよ。僕、剣術はさっぱりだから気が重くてさ」

「俺も。アーサーは余裕だよな、本当にお前、何でも出来すぎて怖いわ」

「俺だって、適当に参加するだけだ」

この学園では、五年に一回剣術大会が行われる。今回は俺達が二年生の今、開催されるようだった。

剣術も人並み以上に出来る自信はあったけれど、この大会で勝ち進んだところで何か得があるわけではないのだ。手を抜いているのがバレないよう、適当にこなそうと思っていた。

「女子はいいよな。クロッケーだろ？　お遊びじゃん」

ノアはそう言うと、深い溜め息を吐いた。

「僕は周りにあんまり格好悪いところを見せるのも嫌だし、少しは稽古するつもり」

「俺もそうしようかな。イメージ壊したくないし」

二人はどうやら本番に備えて練習するようだった。とにかく、俺にはさほど関係のない話だろう。

そう、思っていたのに。


「剣術大会、とても楽しみね。皆様はどなたを応援するの？」

「私はバイロン様かしら。お父様が騎士だし、きっとお強いんでしょうね」

「ふふ、私はトニー様よ」

数日後の放課後、翌日の授業で使う資料を探すため一人図書室へとやって来たところ、そんな会話が聞こえてきた。

この学園に図書室は二箇所あり、こちらは放課後、お喋りの場になっている方だったことを思い出す。選択を間違えたと思いつつ、さっさと目当ての資料を探し、出ていこうと思った時だった。

「アリス様はどなたを応援されるんですか？」

不意に聞こえてきた彼女の名に、慌てて顔を上げる。女子生徒達が集まっているテーブルへと視線を向ければ、そこには見間違えるはずもないアリスの姿があった。

いつもまっすぐに帰宅している彼女が、こうして放課後に残っているのは珍しい。

俺は近くにあった適当な本を手に取ると、平静を装い、二つ隣のテーブルに腰を下ろした。

その途端、彼女の周りの女子生徒達が「アーサー様よ」「今日も素敵だわ」なんて囁く声が聞こえてきて、アリスも俺の名前を知ってくれていたらいいのに、と心の中で祈ってしまう。

そんな中、「ええと」という、戸惑ったようなアリスの声が耳に届いた。

「特に応援したい方はいないけれど、お強い方は素敵だと思います」

「そうなんですね。当日はぜひ、一緒に見に行きましょう？」

「ええ。ぜひ」

それからすぐ、アリスは迎えが来たようだと言い、図書室を後にした。

「……強い方は、素敵」

彼女が特定の男子生徒を応援するつもりがないことに安堵しつつ、強い男が素敵だという言葉が頭から離れなかった。

◇◇◇

剣術大会当日、ノアとライリーと共に待機場所に移動した俺は、妙な緊張感に包まれていた。

「僕の目標は、二回戦敗退かな」

「低いな、と思ったけど俺もそれで」

二人はそんな会話をしながら、気怠げに椅子に背中を預けている。結局、飽き性のライリーの練習は三日で終わったらしい。

「アーサーは？　三回戦くらい？」

「優勝する」

そう告げた途端、二人の「は？」という声が重なった。

「えっ、どうしたの急に？　適当に参加するとか言ってたじゃん」

「事情が変わったんだ」

「そんな事情ある？」

納得できないという様子の彼らを無視し、自身の手のひらを見つめる。

図書室で彼女の話を聞いて以来、知人の騎士に頼み毎日稽古をつけてもらっていたのだ。たった一ヶ月程度で大きく変わるとは思えないものの、出来ることは全てやっておきたかった。

俺の試合を、アリスが見る可能性がある。自意識過剰だと分かっていても、無様な試合などできるはずがない。

「いいところを見せたい女の子でもできた？」

「そんなところかな」

「アーサーもそんな冗談言うんだ」

信じられないものを見るような目で俺を眺める二人を他所に、俺は静かに気合を入れた。


「ノアは一回戦負けかあ。ださいね」

「うるさい、相手が悪かったんだ。お前だって変わらないだろ」

「一勝はしたもん、一緒にしないでよ」

そろそろ昼になるという頃、既に午前中の出番を終えた俺達は少し早めに昼食をとろうと、校舎へと向かっていた。

俺は順調に勝ち進んでおり、今後の対戦相手を考えても準決勝までは余裕そうだ。

「お、クロッケーやってる」

すると途中で、女子生徒達がクロッケーをやっているのが見えた。剣術大会の間、女子生徒はクラス対抗で、お遊び程度のトーナメント戦をやっているのだ。

「スカーレットも何でもできるよねえ」

「女版アーサーって感じだよな」

試合を眺めている二人を他所に、クロッケーの試合など興味の無かった俺は、さっさと行こうと声を掛ける。そうして何気なく視線を向けた俺は、足を止めた。

「アーサー？　どうした？」

なんと試合に出ていたのは、アリスだったからだ。クラスの代表として数人出場する中で、あまり運動が得意ではないらしい彼女が出場していたのは意外だった。

「行かないのか？」

「すまない。少しだけ見て行くから、先に行っていてくれ」

「なんか今日のアーサー、おかしくない？　別にいいけどさ」

「ま、うちのクラスの試合は気になるよな」

自分でも、言っていることが変わりすぎているとは思う。それでも、アリスのこととなると仕方ない。最優先事項なのだから。

「……ボールが羨ましい」

観戦しているうちに、彼女にずっと見つめられている色とりどりのボールすら、妬ましく思えてくる。できるものなら、彼女の視線を独占したい、あの淡い桃色の瞳に映りたいと思ってしまう。

「なあ、アーサー。病んでるのか？　俺達でよかったら話は聞くぞ」

「うん。結構本気で心配なんだけど」

つい思ったことを口にしたところ、二人はひどく心配したような表情を浮かべ、俺を見ていた。確かに友人が突然「ボールが羨ましい」などと言っていたら、心配するのも当たり前だろう。

冗談だと誤魔化しつつ、再びコートへと視線を向ける。

ノアはスカーレット・ヴァレンタインが学園一美人だと言っているけれど、どう見たってアリスが一番だと、心の中で呟く。

ミスをしてしまい、今すぐにでも泣き出しそうな姿も、うまくフープを通過し喜んでいる姿も、何もかもが可愛くて眩しくて仕方ない。

結局、彼女のクラスは負けてしまい肩を落としている姿を見ているだけで、胸が痛んだ。ここで負けた以上、アリスは友人達と共に、午後からは剣術大会の観戦に集中するに違いない。

「このまま、うちのクラスが優勝しそうだな」

「ね。アーサー、行こっか」

「……ああ」

再び校舎へと歩みを進めながら、俺は改めて気合を入れ直したのだった。

午後からの試合も順調に勝ち進み、あっという間に準決勝を迎えた。

次の相手は騎士の息子らしく、かなり手強い相手らしい。

「アーサー、頑張れよ」

「ありがとう」

応援してくれる友人達に軽く手を振り、舞台の上へと上がる。

そんな中で観客席を見渡せば、大勢の生徒の中にアリスの姿を見つけた。これだけの人がいる中で、すぐに彼女を見つけられてしまう自分に感心すらしていた時だった。

――アリスと、目が合った。

彼女が、俺を見ている。そう思うと心臓が早鐘を打ち、落ち着かなくなってしまう。どうやら彼女の方は、俺が自分を見ているとは思っていないようだった。

それでも彼女の視界に入れているという事実だけで、胸が歓喜で震える。絶対に負けられないと、俺はきつく木剣を握りしめた。

◇◇◇

「そろそろ剣術大会の会場に移動しない？　いい席が無くなっちゃうわ」

「ええ、そうね」

学食にて昼食を食べ終えてすぐ、リリーはそう言って。彼女が以前から剣術大会を楽しみにしていたことを知っていたわたしは、頷き立ち上がった。

既にクロッケーも負けてしまい、出番のないわたしはもう試合の観戦しかすることはない。トレーを片付け、リリーと共に会場へと向かう。

するとまだ昼休みも半ばだと言うのに、既に舞台の前の席は女子生徒で埋まっていた。

「皆、すごいやる気ね」

「それはそうよ。バイロン様やジョエル様が勝ち残っているんだもの。それに、あのアーサー様も」

「アーサー様ってあの、アーサー・グリンデルバルド様？」

「ええ。本当に何でもできちゃうのね。素敵だわ」

少し後ろの空いていた席に腰を下ろすと、リリーは勝ち残っている男子生徒について語ってくれた。女子生徒に人気のある方が多いようで、皆試合をとても楽しみにしているようだった。

バイロン様については先日、クラスメイトの子が話していたから何となく覚えている。もちろんアーサー様に関しても、よく知っていた。

わたし達の学年では間違いなく一番有名で、誰よりも注目されている方だ。

噂話に疎いわたしでも、彼については色々と聞いたことがあった。成績優秀なだけでなく、まさか剣術まで得意だなんて。

本当に完璧な、雲の上の人だと改めて思う。

「ほら、見て。アーサー様よ」

ふと視線を向ければ、光の束を集めたような美しい金髪が視界に飛び込んでくる。こんなに遠くから見ても、彼は一瞬で見つけてしまえるくらいに目立っていた。

いつ見ても誰よりも綺麗な人だと、感心すらしてしまう。女子生徒達も彼の姿を見るなり、黄色い声をあげていた。

「……あれ」

「アリス、どうかした？」

「ううん。なんでもない」

不意に一瞬だけ、彼の透き通るような瞳と視線が絡んだような気がしたのだ。この距離でそんなこと、あり得るはずがないというのに、自意識過剰にも程がある。

「本当に素敵よね。悪い所も苦手な事も何一つなさそうだし」

「うん。きっと、一生関わることもない方だわ」

「ああいう方って、どんな女性を好きになるのかしら」

「想像もつかないけれど、それこそ完璧な人でしょうね」

そんな会話をしながら、試合が始まるのを待つ。この学園内で彼と釣り合うのはきっと、スカーレット様くらいだ。何一つ秀でているものがないわたしなんて、彼と話をすることすら烏滸がましいレベルだろう。そもそも彼は、女子生徒とは会話すらほとんどしないらしいけれど。

「わあ……」

やがて試合が始まり、木剣と木剣がぶつかり合う音が響く。素人とは思えない彼の美しい剣捌きに、思わず見惚れてしまう。

それはリリーや他の女子生徒達も同じだったようで、皆彼の姿に釘付けになっている。やがて体勢を崩した相手の首元にアーサー様が剣先を突き付けたことで、試合は終了した。

「ふふ、アリスも楽しんでいるようで良かった」

思わず大きな拍手をしていたところ、リリーはこちらを見て嬉しそうに微笑んでいた。わたしが日頃、男性についての話やこういった催しにあまり興味がないことを知っているからだろう。

「決勝戦も楽しみね」

「ええ」

それからも手に汗を握る試合を観戦し続け、いつの間にかわたしはアーサー様を応援していたのだった。

◇◇◇

結局、決勝戦では負けてしまい優勝はできなかった。既に騎士団から声が掛かっているような相手だったのだ、すぐに負けなかっただけでも十分だろう。

それでもやはり、悔しさは残る。自分にもまだこんな気持ちがあったのかと、少しだけ驚いた。

「俺の試合、どうだった？」

「負け姿も格好良くて、腹が立ったくらいだよ」

「それは良かった。ありがとう」

間違いなく試合を見ていたアリスにどう思われたのか気になってしまい、友人達に感想を聞いたところ、ひたすらに褒められて安堵した。

――アリスも、少しくらいは俺に良い印象を抱いてくれただろうか。

そればかりを考えながら再び校舎へと向かっていると、いつもアリスが一緒にいる女子生徒の姿を見つけた。確か彼女と同じ伯爵令嬢で、リリー・クラークと言っただろうか。

彼女がいるということは、近くにアリスがいるかもしれない。そう思い辺りを見回していると、やがて「リリー！」という鈴を転がすような可愛らしい声が耳に届いた。

「アリス、探したのよ」

「ごめんなさい。ピアスを落としたという子がいて、捜す手伝いをしていたの」

「相変わらず優しいわね」

「とても大切なものらしいから、見つかって良かった」

そう言って嬉しそうな表情を浮かべるアリスは、やはり誰よりも優しい素敵な女性だと思う。彼女の優しさに救われている人間はきっと、俺だけではないだろう。

「それにしても、今日は楽しかったわ」

「ふふ、そうね。クロッケーは負けてしまって申し訳なかったけれど」

「誰もやりたがらなくてくじ引きで決めたんだもの、皆気にしてないから大丈夫よ」

「そうだといいんだけど……」

「それにしても、剣術大会も最高だったわね。目の保養になったわ」

そんな話題にどきりとしてしまう。必死に平静を装いながら歩みを進めつつ、彼女の反応を窺う。

やがてアリスはふわりと微笑むと、深く頷いた。

「そうね。皆様とても素敵だったわ」

何よりも眩しくて可愛らしいその笑顔に、泣きたくなるくらいに心臓が跳ねる。

――その中に、どうか俺も入っていますように。そう願わずにはいられなかった。

◇◇◇

「……アーサー様？」

「ごめんね、昔のことを思い出していて」

当時のことを思い返しているうちに、ぼうっとしてしまっていたらしい。

アリスは不思議そうな顔をして、俺の顔を覗き込んでいる。そんな姿も可愛くて、今すぐに抱きしめたくなってしまう。

「昔のこと、ですか？」

「うん。俺の世界の中心はいつでもアリスだったなって」

「もう、なんの話ですか」

アリスは照れたように微笑むと「でも、嬉しいです」と言ってくれた。

過去を思い出すたびに、彼女とこうして一緒に居られる今が奇跡のように思える。

「ねえ、アリス。こっちを見て」

「は、はい」

突然のそんなお願いにも、アリスはすぐに頷いてくれた。なんて愛おしいんだろうと思いながら、鼻先が触れ合いそうな至近距離で、じっと彼女の瞳を見つめる。

桃色の瞳に映る自分と目が合い、嬉しさで口元が緩んでしまう。

「ずっと、俺だけを見ていてね」

彼女の視界に入っている今が、彼女に触れられる今が本当に幸せだと、心の底から思った。

かくしごと

「わあ、かわいい……！」

ある日の昼下がり、わたしはリリーと街中にあるお気に入りのカフェでお茶をしていた。

すると隣のテーブルで母親に抱かれ、にこにこと可愛らしい笑顔を浮かべている赤ちゃんとぱっちり目が合った。

まだ一歳にもなっていないくらいだろうか、たくさんのフリルのついた真っ白な洋服を着ていて、まるで天使のようで。小さく手を振ってみると、嬉しそうにじたばたと手足を動かしていて、あまりの可愛さに涙が出そうだった。そんなわたしを見て、リリーはくすりと笑っている。

「アリスは本当に、赤ん坊や子供が好きよね」

「ええ。可愛くて、本当に大好き」

兄妹がいないせいもあってか、昔からわたしは子供や赤ちゃんがとても好きで、許されるのならばずっと見ていたいくらいだった。

「アーサー様とアリスの子供なら、絶対に可愛いでしょうね」

「他人の子供でもこんなにも可愛いんだもの、自分の子供の可愛さなんて想像もつかないわ」

「けれど、そろそろ出来ていてもおかしくないでしょう？　楽しみね」

リリーは「服もおもちゃも、いくらでも用意するから」「リリーおねえちゃんって呼んでもらわないと」なんて、気の早すぎることを言っている。

「私なんて未だに婚約者が決まらないんだから。お父様ったら高望みしすぎよ」

「それだけ、リリーが大切なんだと思うわ」

「とにかく私は、アリスとアーサー様の子供を溺愛して生きていくつもりよ。アリスは絶対に、素敵な母親になるでしょうし」

「ふふ、ありがとう」

リリーの言葉に、嬉しいような気恥ずかしいような気持ちになる。

自分でも気が早すぎるとは思うけれど、実は図書館に行った際にはこっそり育児に関する本を読んでみたりもしていた。

「アーサー様は娘ができたら溺愛して、お嫁に出さないと思うわ。アリスに似ていたら尚更」

あまりにも容易に想像ができて、思わず笑ってしまう。服や靴、おもちゃだって使いきれないくらいの量を買ってくるに違いない。そんな想像をするだけで、ひどく幸せな気分になった。

――アーサー様と結婚して、すでに半年が経っている。貴族の家に嫁いだ以上、跡取りとなる子供を産むのは最優先事項だろう。

とは言え公爵様やベアトリス様も、急かすようなことは何ひとつ言わずにいてくださるのが、とてもありがたかった。

「今の二人の生活も楽しまないとね」

「うん。とても幸せだわ」

そうしてわたしはその後も数時間、リリーとお喋りに花を咲かせたのだった。

◇◇◇

「……すみません、アーサー様」

「謝らないで。むしろ側にいてあげられなくてごめんね。アリスを頼みます」

「ええ。こまめにお医者様にも診ていただくから、安心して行ってきなさい」

一ヶ月後、仕事で領地へ行くことになっていたアーサー様に同伴する予定だったというのに、わたしは朝から体調が悪く、屋敷を訪れていたベアトリス様と共に留守番をすることとなった。

「なるべく早く帰ってくるから」

ベッドに横になっているわたしの額にそっとキスを落とすと、アーサー様は名残惜しそうに部屋を出て行く。寂しく思ってしまいながらも、とにかく早く体調を治さなければと溜め息を吐いた。

「もうすぐお医者様に診てもらえるから、待っていてね」

「はい、すみません……」

「本当に辛そうだわ、かわいそうに」

今のわたしは余程酷い顔色をしているらしく、ベアトリス様は心配げな表情を浮かべている。

ふらふらと眩暈がして、吐き気がするのだ。

ベアトリス様の手が、そっと額へ触れる。アーサー様と同じく少しだけ冷たい手のひらが、心地良く感じられた。

「熱はないようね」

「はい、ふらふらして、なんだか気持ちが悪くて」

「……ねえ、アリス、もしかして」

そんな言葉を被るように、ノック音が室内に響いた。どうやらお医者様が到着したらしい。

ベアトリス様が昔から懇意にしている女医で、かなり腕の良い方なのだという。

「それでは診察を始めますね」

「ええ、よろしく。アリス、私は出て行くけれど、診察が終わる頃にまた来るから」

「はい、ありがとうございます」

それからは色々と診察を受けたけれど、途中からは過去に聞かれたことがないような不思議な質問が増えていった。もしかすると何か珍しい病気なのかもしれないと、不安が募る。

「おめでとうございます」

そんな中で告げられたのは、何故か祝福の言葉だった。

「………………？」

その言葉の意味が分からず首を傾げるわたしの手を、彼女は優しく握り、微笑んだ。

「ご懐妊です」

「えっ？」

「妊娠三ヵ月です。アリス様のお腹に、赤ちゃんがいるんですよ」

「……うそ」

信じられず戸惑うわたしに、「本当ですよ」と言うと、彼女はもう一度祝福の言葉を口にした。

まさか妊娠しているだなんて、想像もしていなかった。じわじわと嬉しさが込み上げてきて、わたしはそっと自身のお腹へと手を当てる。

――ここに、アーサー様との子供がいるなんて。

言葉にできない愛しさが溢れて、視界が滲んでいく。気が付けばわたしは、声を出して泣いてしまっていた。

「アリス？　どうしたの？」

そんな声が、ドアの外まで聞こえていたのだろう。慌てた様子で中へと入ってきたベアトリス様はわたしの元へと駆け寄ってきてくださり、ハンカチを差し出してくれる。お礼を言って受け取ると、わたしはまだまだ止まりそうにない涙を拭き、その手を取った。

「あ、あかちゃんが、いるそうなんです……」

そう告げれば、彼女の長いまつ毛で縁取られた大きな瞳が、さらに大きく見開かれる。

そして次の瞬間には、はらはらと大粒の涙が溢れ出していた。

「おめでとう、アリス……！」

優しく抱きしめられ、何度も「ありがとう」とお礼を言われ、余計に涙が止まらなくなる。

こうして一緒に喜んでもらえることが、何よりも嬉しかった。

二人で思い切り泣いた後は、今後の体調管理や食生活などについて指導を受け、改めてしっかりしなければと、わたしは気合を入れたのだった。

◇◇◇

「アリス、もう起きてきて大丈夫なの？」

「はい。お蔭様で、今日はとても体調が良いみたいです」

「良かった。何か食べやすいものを用意させるから、少し待っていてね」

それから三日間、わたしはベアトリス様と二人で過ごしていたけれど、彼女はこちらが申し訳なくなるくらいに気を遣ってくださっていた。

お蔭でとても過ごしやすく、安心して生活できている。

「今日はアーサー様が戻って来る日ですね」

「ええ。アリスの妊娠を知ったら、間違いなく泣くわよ。楽しみだわ」

どうしても直接伝えたくて、手紙で知らせずにいたのだ。

その後、自室に戻ってからも落ち着かずにそわそわしていると、彼の帰宅を知らされて。すぐに玄関へ行き出迎えると、アーサー様はわたしの姿を見るなり、ほっとしたような表情を浮かべた。

「アリス、体調は大丈夫？」

「はい。ご心配をおかけしました」

「良かった。まだ、無理はしないでね」

そう言ったアーサー様の方が、余程顔色が悪いように見える。何かあったのかと尋ねれば、仕事関係でトラブルが起きたとのことだった。これからしばらく忙しくなりそうだと言う彼は、今からまた仕事に取り掛かるという。

そんな中わたしのことが心配で、大量の仕事を抱えたまま王都へ急いで戻ってきてくれたと知り、申し訳なくなった。

「すぐに部屋へ戻って仕事に取り掛かるけど、何かあったらすぐに言ってね」

「分かりました。無理はなさらないでください」

「うん、ありがとう」

アーサー様はわたしの頬にキスを落とすと、そのまま自室へと戻っていく。その背中を見つめながら、後で何か食べやすい差し入れを用意しようと考えていた。

「なんだか、お祝いごとっていう雰囲気じゃなさそうね」

ベアトリス様は困ったように微笑むと、深い溜め息を吐いた。どう考えても今は、おめでたい話をする時ではない。むしろ、ゆっくりとお茶を飲み話をする時間すらないだろう。

「お仕事が落ち着いた後に、お話ししようと思います」

「それがいいわ。今アーサーにアリスが妊娠したって伝えたら、間違いなく浮かれて仕事が手につかなくなってしまうもの」

「ふふ、そうですね」

そしてわたしは、彼の仕事が落ち着いた後に妊娠を告げることにしたのだった。

◇◇◇

せっかく告げるなら、思い切り喜べるタイミングがいい。

そう思ったわたしは中途半端にバレてしまうことがないよう、何より余計な心配をかけないよう、体調が悪い日はアーサー様のことを避けることにした。

もちろん避けていること自体バレないように心がけていたし、彼もまたかなり忙しいようで、何も言われないまま気づかれないまま、あっという間に二週間が経っていた。

「わあ、とても可愛らしいですね。このお色なら男女どちらでも似合いますし」

「ありがとう。本当に可愛いわ。赤ちゃんの足って、こんなに小さいのね」

今日は朝から体調も良く、午前中は自室でのんびりと編み物をして過ごしていた。

コールマン伯爵家に勤めていたメイドのハンナは今、公爵邸にてわたし付きのメイドとして働いてくれている。大好きな彼女が側にいてくれるのは何よりも心強く、嬉しかった。

妊娠についても彼女には伝えたところ、涙を流して喜んでくれた。もちろん両親にも手紙ですでに伝えてあり、来週二人も遊びに来てくれることになっている。

リリーにも手紙ですぐに伝えたところ泣くほど喜んでくれて、これから忙しくなるわ、とわたし以上に気合を入れているようだった。

「お名前も考えないといけませんね」

「ええ。とても悩みそうだわ」

小さな小さな靴下を編んでいると、これ以上ないくらいの幸せや愛しさが身体中に広がっていき、心が温かくなっていく。

妊娠を伝えたら、アーサー様はどんな反応をしてくれるだろうか。早く彼の仕事が落ち着きますようにと祈りながら、わたしは手元の編み針を動かし続けた。

やがて昼になり食堂へ昼食をとりにいくと、そこにはベアトリス様だけでなく、アーサー様の姿もあった。朝から晩まで忙しい彼と、こうして一緒に昼食をとるのは久しぶりな気がする。

「アーサー様、いらしていたんですね」

「ああ。ようやく仕事が落ち着いたんだ。これからは少しゆっくりできそうだ」

「それは良かったです……！　本当にお疲れ様でした」

「ありがとう」

今後はゆっくりできそうだという言葉に安堵しつつも、彼の美しい顔には疲れが色濃く出ており、やはり話をするのは数日後にしようと決める。

「アーサーの忙しさも落ち着いたようだし、私はそろそろ領地へ戻るわ。また近いうちに戻ってくるけれど、何かあったらすぐに連絡してね」

「はい、本当にありがとうございます。お気をつけてくださいね」

「アリスこそ、身体には気をつけて」

ベアトリス様はあれからずっと、わたしを最優先にしてくださっていて感謝してもしきれない。

それからは三人で他愛無い話をしながら昼食をとっていたのだけれど、途中から少しだけ気持ちが悪くなってしまい、わたしは聞き役に徹していたのだった。

昼食を終え、領地へと戻るベアトリス様を乗せた馬車をアーサー様と共に見送る。間違いなく寝不足で疲れも溜まっているであろうアーサー様はきっと、これからお休みになるだろう。

先程感じた吐き気も治まり体調も落ち着いたわたしは、編み物の続きでもしようと部屋へ歩き出した時だった。

「アリス、どうか少しだけ話をさせてくれないかな」

「はい……？」

もちろん、アーサー様とお話できるのなら嬉しい。けれどいつもとは違う、やけに丁寧で申し訳なさを感じているような誘い方に、違和感を感じてしまう。その上、彼の表情は暗い。

一体どうしたんだろうと思いながら、彼の後を付いて行く。普段はこうして一緒に歩く時にも必ず手を繋いでいたから、より不安になる。

「隣に座ってくれる？」

「は、はい」

やがて彼の部屋に着きソファに座るよう勧められたけれど、やはり何かがおかしい。いつも彼はこんな尋ね方などしないからだ。

「紅茶でいいかな？」

「い、いえ。結構です」

妊娠中は紅茶は良くないと聞いているため、すぐにお断りをする。するとアーサー様は何故か、傷ついたような表情を浮かべた。

そして彼が「すまなかった」と謝罪の言葉を口にしたことで、余計に戸惑ってしまう。

「俺のこと、嫌いになった？」

「えっ？」

そんな中、不意に投げかけられた訳のわからない問いに、わたしの口からは間の抜けた声が漏れた。わたしがアーサー様を嫌いになるなんて、あるはずがない。

そもそも彼が突然そう言い出した理由も、さっぱり分からなかった。

「昨日出席した晩餐会でも、周りに散々言われたよ。こんなことをしていたら、愛想を尽かされるのも当たり前だって。本当にごめんね」

「あいそを、つかす？」

「ああ。何でもするから許してほしい」

本当に訳が分からなかった。彼が何の話をしているのかすら、わたしは分からないままなのだ。

「誰が、誰に愛想を尽かすんですか？」

「アリスが俺に」

「えっ？　あの、何のことですか？　さっぱりお話が見えなくて……」

そう尋ねるとアーサー様は戸惑ったような表情を浮かべ、少しの沈黙の後、口を開いた。

「……ここ最近、アリスは俺を避けていたよね？　新婚だというのに仕事ばかりしているせいで、嫌われてしまったのかと」

「ち、違います！」

慌ててすぐに否定したわたしは、まさかアーサー様がそんな風に思っていたなんて、と内心頭を抱えていた。彼の様子がいつも通りに見えたため、避けていることもバレていないと思っていたのだ。

余計な心配をかけ不安にさせていたとは思わず、申し訳なさで胸が潰れそうになる。わたしはアーサー様の両手を掬い取ると、ぎゅっと握りしめた。

「誤解をさせてしまってごめんなさい。アーサー様のことを嫌いになんて、絶対になりません」

「本当に？　気を遣ってくれているとかではなく？」

「はい、誤解です。今だって大好きで仕方ないですから」

「……良かった」

アーサー様はひどく安堵したように深い溜め息を吐き、わたしの手を握り返してくれたかと思うと、今度は突然「キスしてもいい？」と尋ねた。

照れてしまいながらもこくりと頷けば、すぐに噛み付くように唇を塞がれる。いつもよりも長く深いキスを終えると、そのまま抱き寄せられた。

「この二週間、アリス不足で死ぬかと思った」

「わたしのせいで、本当にごめんなさい」

「アリスのせいじゃないよ。でも、もう一回だけ」

結局、もう一回と言わず何度も繰り返され、くらくらとしてしまう。ここ最近、彼は遅くまで仕事をしていたせいで寝室も別だったのだ。

今日はずっと一緒に居ると言い、わたしを抱きしめていたアーサー様は「そうだ」と口を開いた。

「誤解をさせてって、どういう意味？　避けられていたと思っていたのも、勘違いだった？」

「あの、それは」

……これはもう、正直に「避けていました」と言うしかないだろう。

そうなると、妊娠のことも全て話さなければならなくなる。わたしの中では、もっと落ち着いた良い雰囲気の中で、完成した小さな靴下を見せながら伝える予定だったのだけれど。

全て自分のせいだと反省しつつ、わたしは顔を上げた。

「ごめんなさい、アーサー様を避けていたのは本当なんです」

「……どうして？」

「隠しておきたいことがあって」

すると彼の瞳に、一気に不安の色が浮かんだ。わたしはそんなアーサー様の手を取り、そっと自身のお腹へと当てる。彼は更に困惑した表情を浮かべていて。

「ここに、アーサー様とわたしの子供がいるんです」

そう告げた瞬間、彼の透き通った二つの碧眼が大きく見開かれた。

「…………本当に？」

「はい。本当です。もうすぐ四ヶ月になります」

アーサー様は何も言わないまま、しばらくわたしを見つめていたけれど。やがて彼の瞳からは、静かに涙が零れ落ちていった。

「っごめん」

まるで壊れ物を扱うかのように、ひどく優しい手つきで抱きしめられる。

「アリス、ありがとう。本当に嬉しい」

「喜んでいただけて、わたしも嬉しいです」

「嬉しすぎて幸せすぎて、どうしたらいいのか分からない」

まるで子供のようにわたしの肩に顔を埋め、アーサー様は「嬉しい」と「愛してる」を繰り返している。そんな彼の様子に、幸せな笑みが溢れた。

◇◇◇

「アリスが黙っていてくれて良かったよ。先に聞いていたら絶対に、仕事なんて手につかなかった」

「ふふ、良かったです」

「このまま一生、アリスから離れたくない」

「もう、アーサー様ったら」

お腹にそっと触れた後、彼はわたしの頬に軽くキスを落とした。

「これからはとにかく安静にしていてね。俺がいない時には、外出も控えて欲しいくらいだ」

「はい、気をつけます。でも適度な運動も必要だそうですよ」

「寝具や椅子なんかも全て変えたほうがいい？　そうだ、食事にも更に気を遣わないと」

「アーサー様、落ち着いてください」

元々彼はわたしに対してかなり過保護だったというのに、さらに加速しそうだ。そのうち、部屋から出るのも危ないと言い出しそうだと思ってしまう。

「だめだ、幸せすぎる。本当に嬉しい。夢みたいだ」

「わたしも、とても幸せです」

まるで子供のように、嬉しさを隠せずにいるアーサー様が可愛くて、愛おしくて仕方がない。

「一生、アリスも子供も幸せにするから」

「はい。お願いします」

これから三人で描いていく未来を想像しながら、わたしはこれ以上ない幸せに包まれていた。

……翌日、早速大量の子供服やおもちゃ、ベビーベッドまでが屋敷に届いたのはまた別の話。

やさしい未来

「お母さま！」

そんな声に振り返ると同時にぎゅっと腰のあたりに抱きつかれ、わたしは読んでいた本をテーブルに置くと、愛しい我が子の柔らかな金髪を撫でた。

「レスリー、どこへ行っていたの？」

「お父さまとお花をつんできたんだ」

太陽のように微笑むと、レスリーは背中に隠していた花束を「どうぞ」と言ってわたしに差し出してくれた。

つい先程二人で庭へ出てくると言っていたけれど、どうやら温室へ行ってきたらしい。

「お母さま、いつもありがとう。だいすき」

突然どうしたのだろうと思ったものの、今日は母親に感謝を伝える日だったことを思い出し、わたしは花束を受け取ると、柔らかな頬に唇を押し当てた。

「本当にありがとう。素敵なお花ね」

「お母さまに似合うと思って、僕が選んだんだよ」

「そうなの？　嬉しいわ」

アイスブルーの瞳を細め、はにかむ姿があまりにも愛しくて。わたしも大好きだと言って抱きしめれば、「ぜったいに僕の方が好きだよ」なんて返事が返ってきて、笑みが溢れた。

こんなところも、彼とそっくりだ。

「大きくなったら、お母さまとけっこんする」

その上、真剣な表情で求婚されてしまい、なんて返事をしようかと悩んでいた時だった。

「だめだよ」

声がした方へと視線を向ければ、そこには困ったように微笑むアーサー様の姿があった。レスリーはわたしの腕にぎゅっと抱きつくと、拗ねたように頬を膨らませる。

「どうしてだめなの？」

「アリスは俺と結婚しているから」

「お父さまだけ、ずるい！」

「むしろ、俺だけじゃないと困るな」

わたしを巡って張り合う二人に、思わず「もう」と笑ってしまう。

今はこんなにも可愛いことを言ってくれているレスリーにだって、いつか大切な人ができる日が来るのだろう。そんな日を想像すると嬉しくもあり、寂しくもあった。

レスリーが大きなあくびをしたことで、アーサー様はそろそろ眠ろうか、と小さな身体を抱き上げる。そうして、わたしも立ち上がった時だった。

「あ、流れぼしだ！」

レスリーの視線を辿れば、カーテンの隙間からは夜空を駆けていく光が見えた。

そっとカーテンを開ければ、レスリーは以前教えた通りに星空を眺めながら、一生懸命願いごとを三回呟いているようだった。

アーサー様は「アリスそっくりだ」と笑っていて、過去を思い出し恥ずかしくなってしまう。

「お願いごとはできた？」

「うん。お母さまはしなかったの？」

そんな問いに頷けば、レスリーは「どうして？」と不思議そうに首を傾げた。

「わたしのお願いごとは、星に願わなくとも叶えてもらえるから」

そう言ってアーサー様へと視線を向ければ、彼は「もちろん」と微笑んでくれる。

空一面に輝く星達を眺めながら、大好きな二人と過ごしていく未来にわたしは思いを馳せた。

あとがき

こんにちは、琴子です。

この度は『成り行きで婚約を申し込んだ弱気貧乏令嬢ですが、何故か次期公爵様に溺愛されて囚われています　3』をお手に取ってくださり、本当にありがとうございます！

皆様のお蔭で、こうして最終巻である3巻を出させていただくことができました。感無量です。

最終巻の表紙は、絶対に真っ白なウェディングドレスを着たアリスと、タキシードを着たアーサーがいい！　という夢が叶い、カバーイラストを見た時には感動で泣いてしまいました。

口絵も最高に幸せな一枚で、「二人ともよかったね……」と娘の結婚式に参加した顔をして泣きました。二人の笑顔が眩しすぎます……。（今また見返して涙腺が緩み始めました）（神）

笹原先生、素晴らしいイラストを本当にありがとうございます！　笹原先生が描いてくださったアリスとアーサーが、本当に本当に大好きです。全てが宝物です。

そして皆さま、巻末のコミカライズ第一話はもう読まれましたか？　ネームの時点で担当編集さんと感動していたのですが、ほんっとうに最高ですよね！　アリスとアーサーが生きてる……！

また一話はこんな頃もあったなあ、と懐かしい気持ちになりました。初々しい二人が可愛いです。また、どのキャラクターも魅力的で、細部まで綺麗でコミカルですっごく面白くて、これは本当に私が考えた話……？　と戸惑ったくらいです。（そしてアリスのママが可愛い）

アーサーの表情から「好き」が滲み出ているのが何よりも素敵です。画仁本にも先生、素晴らしい漫画をありがとうございます！　これからもよろしくお願いいたします。

一巻のあとがきにも書きましたが、本作は私の処女作でありデビュー作である、本当に大切で思い入れのある作品です。アリスとアーサーが、可愛くて仕方ありません。

こうして本やコミカライズという形にしていただけたこと、一生の思い出です。改めてお声を掛けてくださり、ずっと支えてくださった担当編集さん、いつもありがとうございます。

そして、本作に携わってくださった全ての方々のご尽力に感謝いたします。

ノベルはこれにて完結となりますが、コミカライズの世界はまだまだ続いていきます。これからも成り行き婚、そしてアリスとアーサーをどうぞよろしくお願いいたします。

ここまでお付き合いくださり、本当に本当にありがとうございました！

また、どこかでお会いできますように。

琴子

巻末おまけ

コミカライズ第一話

漫画：画仁本にも
原作：琴子
キャラクター原案：笹原亜美

第1話
……いいよ
婚約しようか
そうですよね！
お時間取らせてしまってすみま――
……え？

あ……
あの
名前を
教えてくれないかな
えっ？
あわわわ…
にこ、
君の名前だよ
これからは
婚約者なんだろう？
うっ
コ……
コールマン
……です
眩しい……！
パァァァァ

ファーストネームに
決まっているじゃないか
どうして
こんなことに――?

数十分前
どうしよう……
どうしよう
どうしよう
どうしよう……
もう放課後よ？
いい加減あきらめたら？
ぐすん
リリーってば
ひどい……
いいじゃない！
裕福な侯爵家・次男で
眉目秀麗《びもくしゅうれい》の
グレイ・
ゴールディング様！
彼を狙ってる子も
多いのよ？
グレイ・ゴールディング
あの人だけは
本当に嫌なの！

うちは貧乏伯爵家だから昔からゴールディング家に媚びへつらって生きているけれど
10年以上グレイ様から悪戯や暴言を受けてきて
顔を思い出すだけでご飯も喉を通らないぐらいよ
それなのに――
グレイ様と婚約していただくことになったから
ぽろっ
そのつもりでいなさい
い！嫌です!!
ガタッ
グレイ様だけは絶対に!!
アリスったら……マナーはいつもきちんとしているのに
どうして嫌がるんだ？
あんなに素敵な方他にいないだろう
そ……それは……

わっ！
わたし！
お付き合いしている人がいるんです！
その方と結婚も考えています！
ど――んっ
と……

とっさに嘘をついてしまった……!!
本当なのか？ 相手はどこの誰なんだ
だ～ だ～
でももう貫き通すしか——
ええと…
簡単に口にできないほど高貴な方なんです！
きゅっ
後日ご紹介いたしますので
グレイ様との婚約は……
ふむ
ゴールディング家に断りの理由はしっかりお伝えせねばならないだろう？
今日学園が終わり次第 その相手とやらを連れて来なさい
きょっ!? 今日ですか!?
今日連れてこなければ このまま婚約は進めさせてもらう
付き合ってる男性どころか男友達だっていないいじゃない！
グレイ様のせいで男性が苦手なの……
ずーん

でも……
グレイ様がアリスのことを嫌いなら
どうして婚約しようと思ったのかしらね
…
ガタッ
決めたわ
え？
今から校門を通った方に順番に婚約を申し込む
たくさん声をかけたら誰か受けてくれるかもしれない！
ちょ！ちょっと落ち着きなさい！
だっ
ぴゅーっ
あなた正常な判断ができなくなっているわよ!?

また明日ー
キャッ
キャッ
ヒュ〜〜…
じゃあねー
ぎゅっ
い……
いざとなると
緊張してきた……
そもそも
男性に免疫が
無いのに……
婚約……
今日
連れて
こなければ――
でも
グレイ様は嫌!!
ズッ
あ!
?
あの!!
わたしと婚約して
いただけませんか!?
そして

今に至るわけだけど――
ア……アリスです
アリス・コールマンと申します
アリス……
可愛い名前だね
アーサー・グリンデルバルド様……
この国の筆頭公爵家の長男で
眉目秀麗・成績優秀
伯爵家のわたしから見ても雲の上の方――
俺のことは好きに呼んでくれて構わない

用事があるから
もう行くけれど
これからよろしく
ガラ
ガラ
アリス!
へな へな
あなた
今アーサー様と
話していなかった!?
まさかあの・・
アーサー様に
馬鹿なことを言ったん
じゃないでしょうね
コツン
ハッ
……婚約……
してくれるって
はぁ?

何寝ぼけたこと言ってるのよ
確かに……
夢……よね
アリス！よくやった！
わっ
公爵家からのお話をお断りするわけにはいかないからな
ぎゅーっ
アリスの望みどおりグレイ様との婚約はなかったことにしてもらおう
ちょ……ちょっと待ってください！いったい何が……

先ほどグリンデルバルド家から連絡があってな
アリスとアーサー様との婚約について正式なお申し出があったんだよ
高貴な方とは言っていたけれど……まさかあのグリンデルバルド家だなんて
すぐに承諾のお返事をさせていただいたからもう安心だ！
お！お父様！
本当に間違いではないのですか？
ほろ…
本当にグリンデルバルド家が……？
？
間違いないよ

夢心地で
信じられないのね
本当におめでとう
アリス
あんなに嬉しそうな
お父様とお母様
いつぶりに
見ただろう
ぼふっ
なんだか
ひどく疲れた……
アーサー様は今
何を考えて
いるのかしら──

……グレイ・ゴールディングか
はい
彼が原因だったようです
お前に彼女のことを毎日報告させていたのが本当の意味で役に立つ日が来るとは思わなかった
俺があの時最初に通らなければアリスは他の男に婚約を迫っていたと思うと
気が狂いそうになるよ
それでも……アリス様が最初にお声をかけたのはアーサー様ですから
私は運命だと思っております
……グレイ・ゴールディングについて詳しく調べておいてくれ
かしこまりました

ギッ
わたしと婚約していただけませんか⁉
……

数日後
やあアリス
公爵家オーラ
キラ
キラ
ご……ごきげんよう！
家柄のよいご友人たちとしか関わらないアーサー様が
お声を？
ひそ
ひそ
学園一の美貌を持つ侯爵家ご令嬢・スカーレット様のお誘いすら一蹴したというあのアーサー様が？
実はご友人のノア様と禁断の関係なのではと噂されているあのアーサー様が？
にこ
にこ
アリス・コールマンに??
わたしも驚いてます……！

ア……アリス……
こそっ
昨日のってまさか本当に……？
アリスの友人かな？
も……もちろん存じ上げております！リリー・クラークと申します
初めましてアリスの婚約者のアーサー・グリンデルバルドだ
ぶわっ
婚約者!!
ふたりはこれから昼食を？
はい
スッ
――ですが私急用を思い出しましたので
ぽんっ
あとはおふたりでごゆっくり～～～
ほほほ
ほほほ
ぴゅーっ
え!?
リリー!?

ではお言葉に甘えさせてもらおうかな
ぼそっ
え？
俺とふたりでの昼食は嫌？
そ！そんなことないです！
喜んで！
わた
わた
よかった
嬉しいな
いつも君は学食で？
はい
アーサー様のあんなお顔初めて見たわ！
良いことがありそうね！
それなら学食に行こうか

アーサー様が頼んでらっしゃるの
わたしのと同じサンドイッチのランチセットだ
以前食堂の人に『これを頼む方は少ない』と聞いたけれど
もしかして気が合うのかも……?

ざわ
ざわ
にこ
にこ
視線
た……
食べづらい……！
無理もないか……
うちは貧乏伯爵家で
お相手は公爵家長男
わたしも
野次馬だったら
きっと
見てしまってた
アーサー様は
見れば見るほど
絵本の中から出てきた
王子様みたいだもの
……どうかした？

――あの
アーサー様
？
アーサー様？
どうかされました？
いや……なんでもないんだ
気にしないで
……今更ですけれど
どうしてわたしと婚約をしてくださったんですか？

君が申し込んでくれたからだけど?
それはそうなんですが──
──?
この手……どこかで……
君だからだよ
えっ?
アリスだから

君以外に
こんなことはしない
……
ぷしゅ～っ
えっと…
うわっ！本当だ
アーサーが女の子といる
信じられない！
あっ
この方たち
いつもアーサー様と一緒にいる……
ふたりに紹介していなかったね
婚約者のアリスだ

ライリー
こっちは友人のノアとライリー
ノア
よろしくアリスちゃん
グサグサ
視線が刺さる…!!
えー！可愛い！アーサーやるじゃん！
じー
付き合いが悪くなったと思ったら女絡みだったなんてな
しかもアーサーから必死に頼み込んだんだって？
公爵夫人なんて『アーサーの我儘は初めて』って嬉しくて泣いたらしいじゃないか
頼むからそれ以上はやめてくれないか……
──そういえば
どこかで見たことある気がするんだよね
まじまじ

あの……グレイ様とお知り合いですよね？
グレイ？
？
ぱちん
ああ思い出した！
ゴールディング家主催のパーティでずっとグレイの隣にいた子だ！
てっきりグレイの恋人だと思ってたよ
おい！
こっ恋人だなんて！
幼馴染みたいなものです！
だって絶対あいつアリスちゃんのこと――
ガタッ

スッ
えっ？
……ノア
わかった
悪かったって！
ライリー
行くぞ
まだ
死にたく
ないだろ？
えっ？
なに!?
ずる
ずる

――騒がしくて
ごめんね
悪い奴らではないんだ
はい
わかっています
ぱっ
けれど……
グレイ様の恋人だなんて
そんな勘違いをされていると思うと――
他の男の話はもういいよ

アリスは
俺を選んでくれたんだろう？
それなら
俺だけを見て
俺のことだけ考えればいい

――断られた・・・・？
コールマン家に？
何かの間違い
じゃないのか
あの
貧乏伯爵家が
我が家の申し出を
断るはずが
ないだろう
それが
……その
……
アリス様は
グリンデルバルド
公爵家の
アーサー様と
ご婚約が
決まったそうで……
お待ちください
グレイ様！
父上！
残念だったな
グレイ

縁談はなくなった
しかし……
コールマン家と婚約などもともと得のなかった話……
それも相手は公爵家だ
恩を売ることができてよかったじゃないか
やはりお前はもっと家柄のいい娘を相手にするべきだな

公爵家との婚約だと？
女なんて選び放題の公爵家が？
アリスを手に入れるために
今まで俺がどれだけ――
――絶対に
ぎゅっ…
逃がしてやるものか
続きはコミックシーモアにてお楽しみください！

に
祭り上げられる!?
ひとりで乗り込むのは禁止
俺も連れて行け
冗談じゃないわよ!
妖精姫聖女化計画をぶち壊せ!

ディアドラが宿敵・ニコデムス教の聖女
俺たちも頼れ！
転生令嬢は精霊に愛されて最強です……だけど普通に恋したい！
7
The Reincarnated Count's daughter is the strongest as she is loved by spirits, though she is only wishing for regular romance!
風間レイ
イラスト：藤小豆
2022年春発売予定！

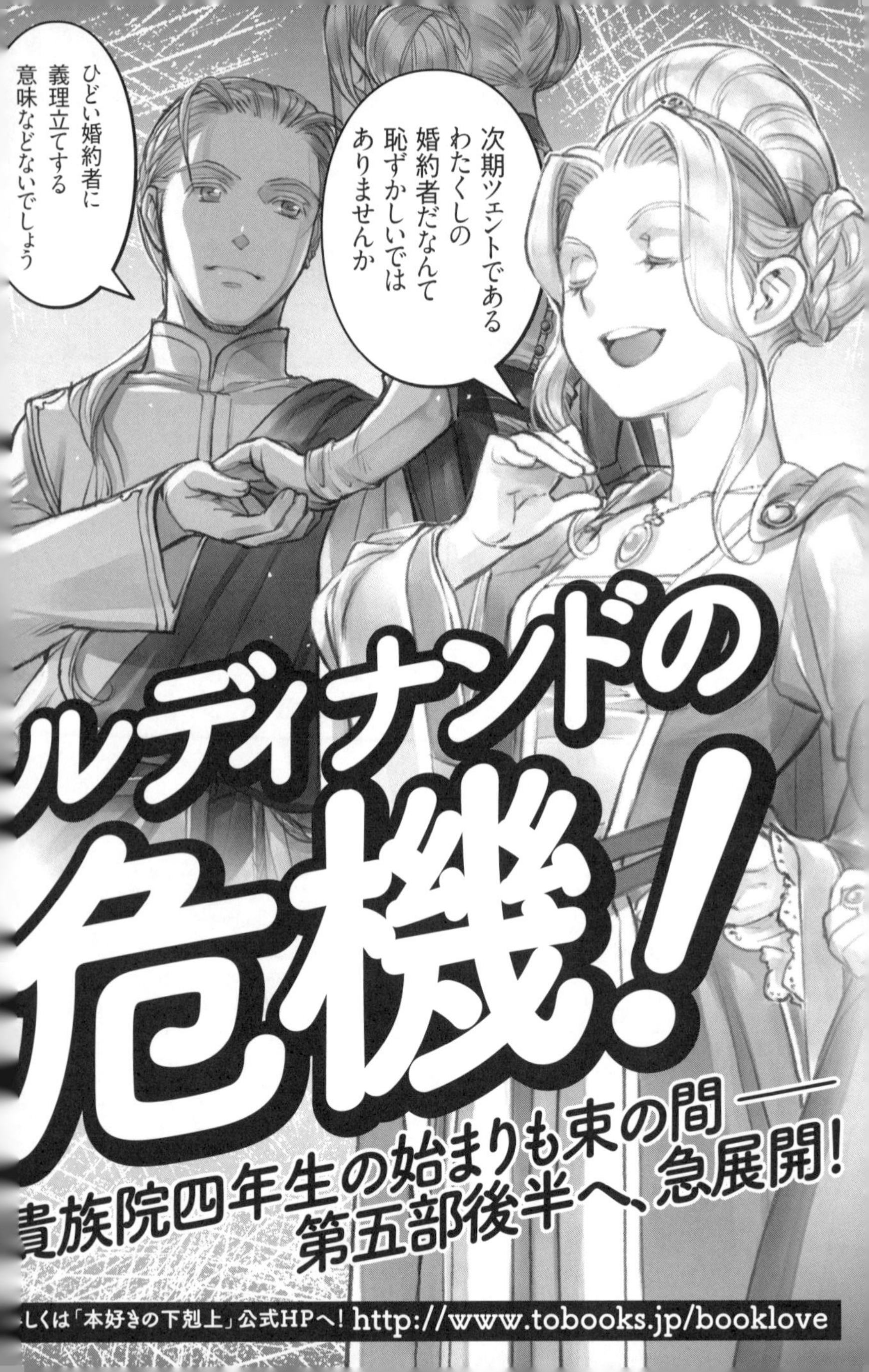
次期ツェントであるわたくしの婚約者だなんて恥ずかしいではありませんか
ひどい婚約者に義理立てする意味などないでしょう
ルディナンドの
危機！
貴族院四年生の始まりも束の間——
第五部後半へ、急展開！
しくは「本好きの下剋上」公式HPへ！ http://www.tobooks.jp/booklove

フェ
……誰でもいいから、早くフェルディナンド様を助けて！
2021年12月10日発売予定!
本好きの下剋上
司書になるためには手段を選んでいられません
第五部 女神の化身 VII
香月美夜
miya kazuki
イラスト：椎名 優
you shiina

サンクランド王国編
クライマックスへ!
ミーア様のお召し物が…!?

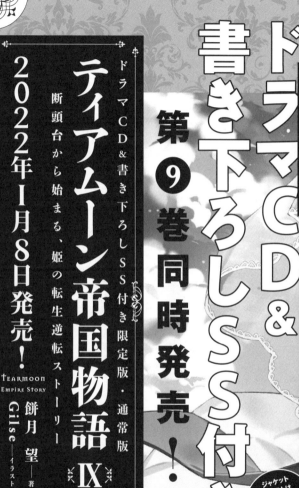

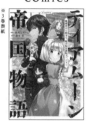

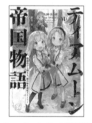

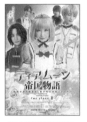

過去に囚われた師匠《ウィステリア》と弟子《ロイド》の共同生活の行方とは——？
孤独な非戦闘系元令嬢 × 天才肌の傲慢系貴公子の
師弟恋愛ファンタジー第２巻！
おい、聞け！
コミカライズ企画も
進行中だぞ！
発売!!!!!!!!!

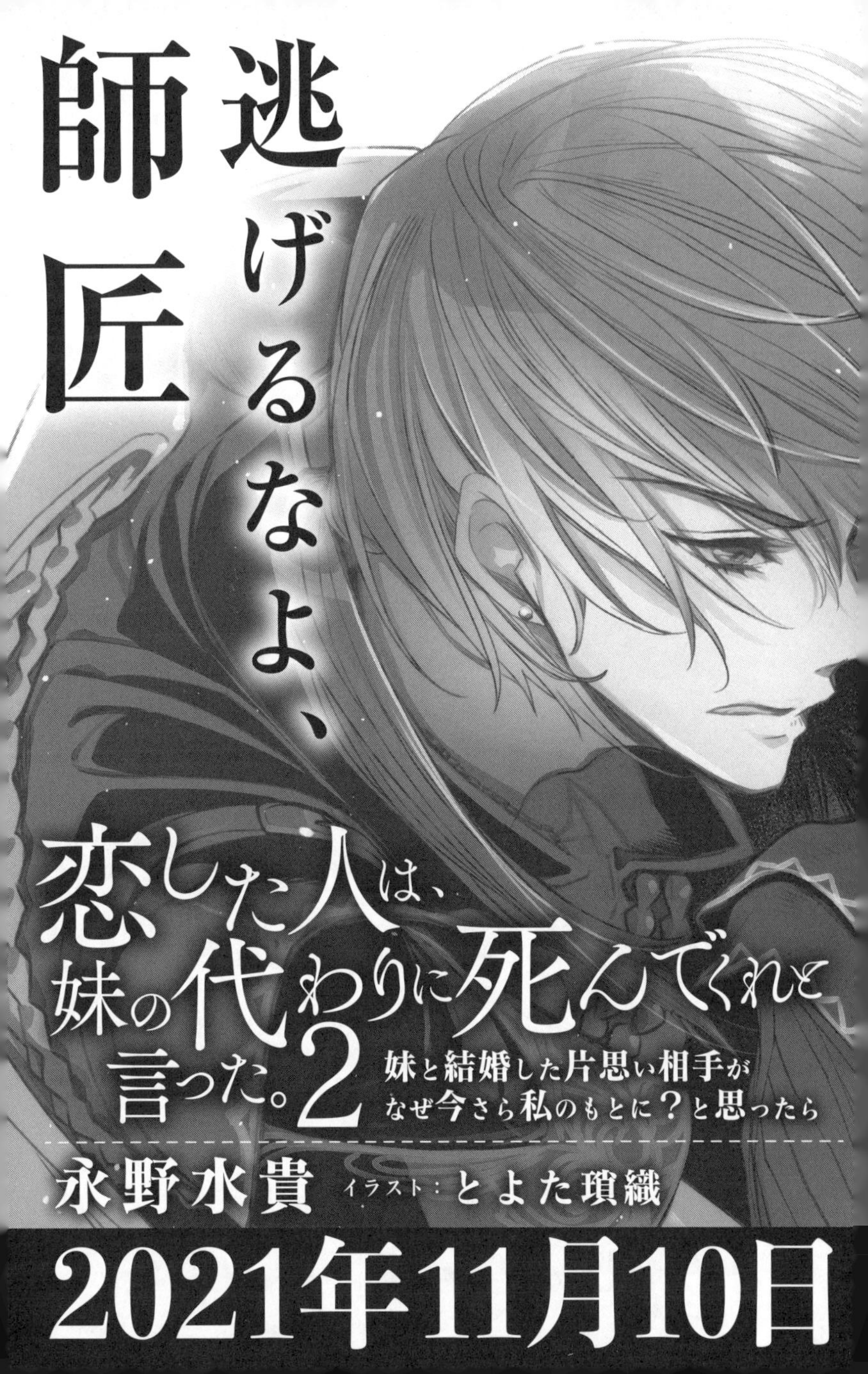
逃げるなよ、
師匠
恋した人は、妹の代わりに死んでくれと言った。2
妹と結婚した片思い相手がなぜ今さら私のもとに？と思ったら
永野水貴
イラスト：とよた瑣織
2021年11月10日

死罪デッドエンド回避
――!?
舞台化決定!
池袋
BIG TREE THEATERにて
日程
2022年2月16日(水)
～20日(日)
詳しくは公式HPへ
2021年冬発売決定!

一家使用人離散、投獄
その先にあるものは――
ついに
「きゅんらぶ」
第一部完結!!
悪役令嬢ですが
攻略対象の様子が異常すぎる
V
稲井田そう Illust. 八美☆わん

婚約破棄された替え玉令嬢、初恋の年上王子に溺愛される2
魔道具研究所での新生活は大忙し!?
『……ルイゼとふたりで居られる時間が減った……』

一方で、
妹・リーナの
罠も迫る――!
第2巻
2022年
発売――。

成り行きで婚約を申し込んだ弱気貧乏令嬢ですが、何故か次期公爵様に溺愛されて囚われています３

2021年11月1日　第1刷発行

著　者　琴子

発行者　本田武市

発行所　TOブックス
〒150-0002
東京都渋谷区渋谷三丁目1番1号　PMO渋谷Ⅱ　11階
TEL 0120-933-772（営業フリーダイヤル）
FAX 050-3156-0508

印刷・製本　中央精版印刷株式会社

ISBN978-4-86699-353-9

Printed in Japan